# IL SAN VALENTINO MOLTO SPECIALE DEI DRAGHETTI

S.E. SMITH

MONTANA
PUBLISHING

# RICONOSCIMENTI

Vorrei ringraziare mio marito Steve per aver creduto in me e perché è orgoglioso di me al punto da avermi incoraggiata a seguire il mio sogno. Vorrei rivolgere inoltre un ringraziamento speciale a mia sorella, nonché migliore amica, Linda, che non solo mi ha incoraggiata a scrivere, ma ha anche letto il manoscritto. E alle altre mie amiche che hanno creduto in me: Julie, Jackie, Lisa, Sally, Elizabeth (Beth), Laurelle e Narelle. È grazie a loro che vado avanti!

Un ringraziamento speciale va anche a Paul Heitsch, David Brenin, Samantha Cook, Suzanne Elise Freeman e PJ Ochlan: le fantastiche voci dei miei audiolibri!

Breve Sinossi: Una storia di San Valentino e dei biscotti a forma di cuore fanno partire i draghetti e i loro amici in un'avventura che li riporta sulla Terra.

ISBN: 9781959584896 (ebook)
ISBN: 9781959584902 (paperback)

Avventure in famiglia | Romanticismo | Fanta Scienza | Draghi & creature mitologiche | Paranormale| Fantasy

Pubblicato da Montana Publishing, LLC
& SE Smith of Florida Inc. www.sesmithfl.com

# SINOSSI

*Bestseller per USA Today!*

Una partita di biscotti a forma di cuore stimola l'immaginazione dei draghetti e dei loro amici quando Carmen racconta una magica storia d'amore. Ci vorranno un San Valentino molto speciale, alcuni draghetti dispettosi, i loro migliori amici, alcuni guerrieri sprovveduti e due incantevoli dee per aiutare una donna sola a trovare il drago che la ama.

L'amore è nell'aria e nemmeno i potenti guerrieri valdier, curizan e sarafin sono immuni all'impulso di celebrare i loro sentimenti per le donne che hanno cambiato le loro vite. Cuori, colla e brillantini abbondano quando i guerrieri aiutano i draghetti nella loro missione di assistere Cupido in questa deliziosa storia di amore, speranza e felicità.

Autrice bestseller per il *NY Times* e *USA Today*, l'acclamata S.E. Smith presenta una nuova storia con il suo caratteristico umorismo e i suoi imprevedibili colpi di scena! Oltre DUE MILIONI di copie vendute!

# GUIDA AI PERSONAGGI

Per chi non ha letto "I Signori Draghi di Valdier," ecco qualche antefatto.

I valdier sono mutaforma draconici. Solo loro e i compagni sono in grado di legarsi ai misteriosi e potenti simbionti dorati, che sono, appunto, creature simbiotiche, nonché personaggi a sé stanti. Ciascun valdier è composto da tre parti: il drago, l'uomo/donna e il simbionte loro compagno. Sono amici dei curizan (una specie in grado di attingere all'energia dell'ambiente circostante) e dei sarafin (una specie di mutaforma felini). Di seguito una guida ai personaggi per coloro che sono nuovi alla serie:

Zoran Reykill,
condottiero dei valdier
vero compagno di Abby Tanner:
un figlio: Zohar
il simbionte di Zoran: Goldie

Mandra Reykill
vero compagno di Ariel Hamm:
un figlio: Jabir
il simbionte di Mandra: Tesoro

Kelan Reykill
vero compagno di Trisha Grove:
un figlio: Bálint
il simbionte di Kelan: Bio

Trelon Reykill
vero compagno di Cara Truman:
figlie gemelle: Amber e Jade
simbionte di Trelon: Symba

Creon Reykill
vero compagno di Carmen Walker:
figlie gemelle: Spring and Phoenix
simbionte di Creon: Harvey
simbionte di Phoenix: Stardust
simbionte di Spring: Pezzettino

Paul Grove
vero compagno di Morian Reykill

Vox d'Rojah,
re dei sarafin
compagno di Riley St. Claire:
un figlio: Roam;

Viper d'Rojah
accoppiato con Tina St. Claire

Ha'ven Ha'darra,
principe dei curizan
compagno di Emma Watson:
una figlia: Alice

Aikaterina: specie sconosciuta; adorata dai valdier come
divinità, è la più anziana e più potente della sua schiatta.

Arilla e Arosa: specie sconosciuta; ancora giovani per la loro
schiatta, sono gemelle e considerate divinità

# SOMMARIO

# CAPITOLO 1

"Mamma, io può avere un biscotto?" chiese Phoenix, sbirciando sopra il tavolo dopo essere salita su una delle sedie per vedere cosa stesse facendo la mamma.

Carmen rivolse a Phoenix uno sguardo dolce e amorevole e annuì. "Sì, ma solo uno; non voglio che ti rovini l'appetito," disse con un sorriso.

Phoenix aggrottò le sopracciglia e scosse la testa. "Io può mangiare un sacco di biscotti e pranzare lo stesso. Il mio drago ha sempre fame," rispose con un'espressione seria. "Tu ha fatto i cuori? Io adora i cuori!"

"So che ti piacciono i cuori; è uno dei motivi per cui li ho fatti in questa forma," disse Carmen, ridacchiando e toccando il naso di Phoenix con un polpastrello ricoperto di glassa. "Oh mio Dio, hai della glassa rossa sul naso!"

"Glassa? È quella roba dolce e gustosa?" ringhiò Creon, entrando in cucina e annusando l'aria con apprezzamento prima di guardare Phoenix che si era girata e gli stava sorridendo. "Credo proprio che mi toccherà leccarla via!"

Phoenix sgranò gli occhi e rise strillando perché suo padre le si avvicinò con le mani alzate, ringhiando come se volesse divorarla. Scivolò giù dalla sedia e si diresse verso il soggiorno, con Creon che ringhiava giocosamente e la inseguiva. Carmen rise quando sentì il ruggito di gioia del drago di Spring accorso a proteggere la sorella dal papà-mostro.

Carmen sorrise e scosse la testa, godendosi i suoni delle risatine e delle profonde risate maschili che provenivano dall'altra stanza. Si concentrò nuovamente sulla decorazione dei biscotti. Su uno di essi aggiunse la scritta *Be mine*, "appartienimi."

Scosse la testa e le sue labbra si contrassero quando udì l'urlo di dolore di Creon. Spring doveva essere riuscita a eludere le sue difese. Il suo drago stava mettendo i denti e Creon era il suo giocattolo da masticare preferito in quel momento.

Carmen alzò lo sguardo e vide Creon rientrare in cucina strofinandosi l'orecchio. Alzò un sopracciglio verso di lui mentre prendeva il biscotto che aveva appena finito e lo metteva sulla gratella per far rapprendere la glassa. Il calore la riempì quando il suo vero compagno si avvicinò alle sue spalle e le fece scivolare le braccia intorno alla vita prima di appoggiarle il mento sulla spalla.

"Spero che tu abbia detto a Spring che non deve mordere," mormorò Carmen, prendendo il biscotto successivo per metterlo sulla gratella insieme agli altri.

"Certo... che no," rispose Creon. "Avevo messo Phoenix in trappola e Spring voleva proteggere sua sorella. Inoltre, non mi ha morso così forte."

Carmen inclinò la testa all'indietro e gli lanciò un'occhiata all'orecchio. "Sanguini," affermò. "I cuccioli di drago hanno denti molto affilati. Non importa se morde forte o meno, fa comunque uscire il sangue."

Creon sollevò una mano e si toccò l'orecchio. Si guardò le dita e vide una piccola macchia di sangue. Lasciò Carmen e si avvicinò al lavandino. Inumidì un panno monouso e pulì il piccolo taglio prima di gettare il panno nel cestino e lavarsi le mani. Carmen vide il sorriso malizioso che gli incurvò le labbra quando rivolse lo sguardo ai biscotti da lei finiti.

"Non osare," ammonì Carmen; ma era troppo tardi. Creon ne aveva già presi due dalla gratella prima che lei potesse fermarlo. "Tra te e le bambine, non avrò biscotti da portare a Paul e Morian stasera."

"Perché ci sono delle parole? Non avevi scritto sugli altri biscotti che hai preparato," osservò Creon, guardando le parole scritte con la glassa rossa. "Mi piace."

Carmen lo guardò con un sorriso divertito dopo che lui ebbe dato un enorme morso al biscotto e gemette di piacere. Incapace di resistere, gli si avvicinò. Lo guardò negli occhi dorati prima di chinarsi abbastanza da sfiorargli con la lingua l'angolo della bocca dove era rimasta una piccola macchia di glassa.

"Avevi della roba dolce e deliziosa," sussurrò lei, con lo sguardo sempre più caldo quando sentì la reazione di Creon.

"Non ringrazierò mai abbastanza la Dea per averti fatto entrare nella mia vita," mormorò Creon, stringendola forte contro il suo corpo. "Ti amo, Carmen."

"Tu ha intenzione di baciarla? Io può avere il tuo biscotto se lo fai?" chiese Spring da dietro la madre.

Carmen appoggiò la testa al petto di Creon e ridacchiò. Andava sempre così. Ora che le bambine erano più grandi, ogni volta che loro cercavano di ritagliarsi un momento da soli, era come se si accendesse un'insegna al neon e una o entrambe le bambine apparivano subito. Carmen sentì la mano di Creon muoversi. La risatina deliziata di Spring le disse che le aveva dato il biscotto che aveva in mano.

"Condividilo con Phoenix," ordinò Creon, facendo scivolare di nuovo la sua mano calda sulla curva del fianco di Carmen.

"Io farà," promise Spring, voltandosi e scomparendo di nuovo nel soggiorno. "Phoenix! Io ha un altro biscotto."

Carmen alzò di nuovo lo sguardo su Creon. "Quella era corruzione, sai," mormorò, facendo scivolare le mani sul petto del maschio e avvolgendogli le braccia intorno al collo in modo da intrecciare le dita nei suoi capelli.

"Lo so," ribatté Creon a bassa voce. "Ora, dov'ero rimasto?"

Carmen si lasciò andare contro Creon quando lui le catturò le labbra in un bacio che sapeva di biscotti, di glassa e di maschio puro. Lei ricambiò il suo bacio affamato con uno dei suoi. Non importava che stessero insieme da più di quattro anni e avessero due figlie: il suo cuore continuava a battere forte quando si baciavano.

Dopo qualche istante, Carmen si staccò con riluttanza da lui e gli appoggiò la testa sulla spalla. Le sue dita scivolarono verso il basso per giocare con l'apertura della sua camicia e poter toccare la sua pelle calda. Sospirò felice e alzò lo sguardo su di lui.

"Grazie," sussurrò, sollevando la mano per far scorrere le dita sulla guancia dell'uomo.

Un cipiglio confuso aggrottò la fronte di Creon. "Per cosa?" chiese, accarezzandole la schiena.

"Per avermi amata, per esserci stato e per avermi dato due bellissime figlie," mormorò lei.

"Sono io che dovrei ringraziare te, Carmen. Hai riempito la mia vita di calore e amore. È un dono che qualsiasi guerriero avrebbe caro," rispose Creon, facendo scivolare una mano sotto il mento di lei per sfiorarle le labbra con un altro bacio. "Perché fai dei biscotti con delle parole sopra?" chiese ancora, voltandosi a guardarne uno. "*Be mine...* Che cosa significa? Tu sei già mia."

"Ogni anno, sulla Terra, si celebra una festa chiamata San Valentino. È un momento per mostrare il nostro affetto a coloro a cui vogliamo bene e a coloro che amiamo," spiegò Carmen, decidendo di semplificare il discorso anziché approfondire la storia del santo e le cause religiose e politiche che avevano dato vita alla festa. "Quando eravamo bambini, ci scambiavamo biglietti di San Valentino con immagini e parole di ogni tipo. I miei preferiti erano quelli delle principesse. Li ho conservati per anni."

"Tu *sei* una principessa," affermò Creon con decisione.

Carmen storse il naso e rise. "Credimi, non mi sarei mai aspettata di diventarlo, ed è molto diverso da come mi aspettavo."

"Diverso in senso positivo o negativo?" chiese Creon con una punta di preoccupazione.

"In senso positivo," gli assicurò Carmen, sporgendosi per sfiorargli le labbra con un bacio. "Molto positivo."

"Questo 'San Valentino' è qualcosa che ti manca? È qualcosa che potrebbe piacere alle bambine?" chiese Creon.

Carmen ridacchiò e annuì. "Sì, mi manca e so che alle ragazze piacerebbe molto," rispose, voltandosi e prendendo il tubetto di glassa. "Era divertente."

"Allora avremo un San Valentino... quando saprò cosa bisogna fare," rispose Creon, prendendo un altro biscotto. "Qualsiasi festa che preveda biscotti con parole deliziose mi va bene."

"Fuori!" ordinò Carmen, scuotendo la testa e ridendo. "Vai a bullizzare le bambine mentre io preparo altri biscotti."

"In tal caso, me ne serviranno altri," disse Creon, afferrando altri tre biscotti prima di sfrecciare intorno al tavolo quando Carmen afferrò lo strofinaccio. "Bambine! Ho catturato altri biscotti per noi."

"Evviva!" urlarono le bambine dal soggiorno.

Il calore inondò Carmen poiché Creon le rivolse un sorriso fanciullesco prima di sparire in salotto per giocare con le bambine. Si portò la mano alla gola al sentimento d'amore puro che il compagno aveva trasmesso. Nemmeno il suo drago era immune alla promessa contenuta in quel sorriso.

*Harvey fa babysitter stasera,* mormorò il drago.

"Oh, sì, credo proprio che una serata fuori sia d'obbligo," concordò Carmen con un sospiro. "Per entrambi."

*Io dico ad Harvey,* rispose allegramente il drago.

# CAPITOLO 2

Più tardi, quella sera, Carmen si mise comoda e ascoltò le altre donne che parlavano delle varie attività in cui i bambini, sia quelli grandi che quelli piccoli, si stavano cimentando. A volte era difficile credere che fossero tutte lì, su un mondo alieno, amate da uomini fuori dal comune.

Per un breve momento, un'ondata di tristezza la investì. Era una sensazione così intensa e dolorosa che Carmen si alzò in piedi e uscì sul balcone dell'abitazione di Paul e Morian. Si aggrappò alla ringhiera di pietra e guardò le stelle.

Paul Grove, il padre della sua migliore amica Trisha, e Morian, la madre di Creon e dei suoi quattro fratelli, avevano trovato l'amore dopo aver perso una persona cara, proprio come lei. Carmen si chiese distrattamente se i due avvertissero ancora la tristezza e il dolore opprimenti che accompagnavano i ricordi.

Un sorriso tenero le incurvò le labbra quando sentì le mani di Creon scivolare intorno alla sua vita. L'uomo le avvolse strettamente intorno a lei e la attirò contro il calore del proprio corpo. Carmen si rilassò contro di lui e continuò a guardare le stelle.

"Ho sentito il tuo dolore," sussurrò Creon, strofinando il mento contro i capelli corti e biondi di Carmen prima di piegarsi per premere un bacio contro il vago marchio del drago sul suo collo. "Io ti rimarrò accanto per sempre, Carmen."

"Lo so," sussurrò lei, con le lacrime che le bruciavano negli occhi per l'amore che traspariva dalla voce del maschio. "A volte mi colpisce ancora duramente; per fortuna, non così spesso come un tempo. Avere te e le bambine mi ha aiutato a guarire." Si girò tra le sue braccia e lo guardò. Sollevò la mano e la posò sulla sua guancia. "Non riesco a dimenticarlo, Creon. Nessuno dei due."

Creon girò la testa e le stampò un bacio sul palmo della mano. Lei assaporò il calore e il tocco gentile. Il suo amore per lui le si gonfiò dentro e Carmen fece scivolare la mano verso l'alto per infilare le dita tra i capelli di Creon.

"Non ti chiederei mai di dimenticare Scott o il bambino che hai perso. Vorrei solo poterti proteggere dal dolore," mormorò il maschio.

"Lo so," rispose Carmen, andando incontro alle sue labbra quando lui si chinò per baciarla.

Era vero: lui la proteggeva dal dolore. Quando Carmen era arrivata sul pianeta, la sofferenza era insopportabile. L'omicidio del suo primo marito, Scott, e la perdita del loro bambino a causa delle gravi ferite riportate, l'avevano distrutta. Nel suo dolore, l'unica cosa a cui era riuscita a pensare era la vendetta. C'erano voluti diversi anni, ma alla fine aveva trovato una soluzione. Essa non era arrivata con la morte, come si era aspettata, ma ritrovando l'amore in un uomo alieno che si era rifiutato di abbandonarla a se stessa.

Creon gemette e la strinse contro il proprio corpo, procurandole un brivido di voglia. Le mani di lei si strinsero tra i suoi capelli e i loro respiri si mescolarono, diventando più esigenti con il calore del fuoco del drago.

"Io ti aveva detto che loro si baciava. Loro fa sempre quando pensa che noi non guarda."

La risata soffocata di Creon scosse tutto il suo corpo e lui lasciò a malincuore le labbra di Carmen. Appoggiò la fronte contro quella di Carmen e chiuse gli occhi, respirando profondamente per calmare il suo corpo eccitato. Le bambine erano diventate piuttosto sveglie e un paio di volte avevano persino chiesto perché i pantaloni di papà si gonfiavano sul davanti e i loro no.

"Di cosa hai bisogno, Spring?" chiese Carmen, inclinando la testa per guardare oltre la spalla di Creon.

"È ora della storia," disse Spring, guardando la mamma e il papà. "Tu aveva detto che noi poteva mangiare i biscotti quando era ora della storia."

"Arriviamo subito," promise Carmen. "Vai a chiedere a zia Ariel se può versare il latte."

"Va bene," rispose Spring con gioia.

"Cosa c'è che non va nel vostro papi?" sussurrò Jabir, rivolgendo uno sguardo accigliato a Creon.

"Lui aspetta che i suoi pantaloni non gonfia più," disse Spring. "Succede quando bacia la mamma."

"Oh," disse Jabir, fissando la schiena di Creon. "Il mio lo fa solo al mattino."

Carmen si voltò con il viso verso la spalla di Creon per soffocare le sue risate. Era troppo. L'immagine del volto di Creon la prima volta che le bambine lo avevano visto la mattina le balenò in mente e si sciolse in una risata incontrollabile.

"Credo che avere delle figlie sia molto più difficile di quanto mi aspettassi," disse infine Creon in tono rancoroso.

"Non potrà che peggiorare," ribatté Carmen, inspirando affannosamente tra una risata e l'altra. "Povera Ariel, mi immagino la sua faccia quando Jabir non riusciva a capire perché si stesse allungando, la prima volta."

Le spalle di Creon tremarono mentre ridacchiava di nuovo. Carmen amava ascoltare le sue risate. Si avvicinò e gli sfiorò le labbra con un altro bacio.

"Sei pronto?" chiese lei, fissandolo, con gli occhi che scintillavano di gioia.

"Sì, ma ti avverto che stasera usciremo di nascosto. Il mio drago ha voglia di giocare," rispose Creon, liberandola a malincuore e facendo un passo indietro.

"Credo che sia fattibile," mormorò Carmen, passando la mano sulla patta dei pantaloni di Creon con un sorriso seducente.

"Fantastico! Ci risiamo!" mormorò Creon, abbassando lo sguardo sul davanti dei suoi pantaloni, che si stavano gonfiando ancora una volta. "Arriverò tra pochi minuti."

Carmen rise di gusto e annuì. Lanciò un'occhiata a Creon, che si voltò a fissare le stelle nel tentativo di raffreddare i bollenti spiriti. Quello era ciò di cui aveva bisogno per uscire dai suoi ricordi malinconici: nuovi ricordi pieni di risate.

# CAPITOLO 3

Carmen rientrò in casa e diede un'occhiata al soggiorno. Sorrise quando vide tutti i bambini seduti ai tavoli in miniatura che Paul aveva costruito per loro. Il suo sguardo si addolcì alla vista di Riley e Vox. Ognuno di loro teneva in braccio una bambina. Le ricordavano molto Creon e lei quando erano nate Spring e Phoenix.

Le loro gemelle erano identiche, con teste uguali piene di riccioli biondi e occhi azzurri danzanti. Se sorridevano, le fossette apparivano come riflessi speculari sulle loro guance. Vox avrebbe avuto il suo bel da fare quando quelle due sarebbero cresciute. Sarebbero diventate bellissime.

Il figlio maschio della coppia, Roam, era seduto accanto a Bálint, il figlio di Trisha e Kelan, mentre il figlio di Ariel e Mandra, Jabir, era seduto accanto al figlio di Zoran e Abby, Zohar.

"Cara e Trelon vengono?" chiese Carmen, dando un'occhiata in giro.

"Sì, stavano aspettando l'arrivo di Emma e Ha'ven. Trelon ha un nuovo gadget che voleva mostrare ad Ha'ven. Inoltre, credo che questa gravidanza stia rallentando un po' Cara," spiegò Abby, sedendosi sul divano accanto al suo compagno, Zoran.

"Solo perché non fa altro che mangiare e vomitare," rispose seccamente Trisha.

"Eccole," rispose Morian, alzandosi da dove era seduta quando Amber e Jade, le precoci gemelle di Cara e Trelon, entrarono nella stanza nella loro forma di drago.

"Oh, cielo! Adoro le vostre unghie, ragazze," disse Riley, fissando la fila di piccoli artigli dipinti di rosso e rosa e decorati con cuori in miniatura. "Le voglio anch'io così."

Cara sorrise. "Ho costruito una macchina per fare le unghie. Le bambine e i loro draghi stanno attraversando una fase in cui vogliono un disegno diverso ogni giorno," spiegò.

"Posso averne una anch'io?" chiese Riley con un sorriso speranzoso.

"Ti prego, dimmi che non era questo che volevi mostrare ad Ha'ven," rispose Zoran con divertimento.

"Certo, no. Beh, forse. Quello era più per Emma e Alice," rispose Cara con un sorriso. "Emma mi stava raccontando del fascino che i colori esercitano su Alice negli ultimi tempi."

"Belle unghie, Trelon," disse Mandra con una risata.

Trelon alzò il dito medio verso il fratello maggiore. Era dipinto di viola, con piccoli palloncini colorati sopra. Carmen ridacchiò insieme agli altri.

"Come va la nuova cucciolata di grombot, Mandra? Ho sentito che ne avete un centinaio," ribatté Trelon.

Il volto di Mandra si rabbuiò e lanciò un rapido sguardo alla moglie e al figlio. Carmen scosse la testa. La serata si sarebbe fatta movimentata se lei non avesse dato inizio al momento dei biscotti e delle storie.

Una volta al mese, la famiglia si riuniva per cenare, passare del tempo insieme, condividere il dolce e raccontare una storia. Carmen aveva estratto il biglietto per leggere o inventare una storia per i bambini quel mese.

Carmen amava quegli incontri, perché vi partecipavano sempre Vox, Riley, Ha'ven ed Emma. Aveva sperato che Tina, Viper e il loro figlio, Leo, potessero unirsi a loro, ma Leo aveva un raffreddore, che aveva attaccato a Viper. Tina aveva spiegato che Leo stava bene; era il fatto di dover avere a che fare con la scontrosità di Viper che le faceva venire voglia di urlare.

Quella sera sono arrivati anche i due draghi gemelli Cree e Calo, la loro compagna Melina e la figlia Hope. Carmen amava osservare Melina con i due enormi guerrieri. La giovane li teneva decisamente in pugno.

Carmen si morse il labbro per nascondere il sorriso quando vide Cree e Calo lanciare un'occhiata inquieta ad Alice quando lei si avvicinò per solleticare il piede di Hope. C'erano voluti alcuni giorni, ma la storia di ciò che era accaduto durante una serata tra donne l'Halloween precedente si era diffusa a palazzo. Creon le aveva raccontato di come Alice avesse portato via i bambini da sotto il naso dei loro genitori per evitare che venissero catturati dalla Regina dei Simbionti Dementi. Carmen sperava che la sua storia di quella sera non provocasse tanto caos quanto le altre storie raccontate da Abby e Cara!

"Bene, avete tutti i vostri biscotti?" chiese Carmen, mettendosi davanti ai bambini e guardando in basso.

"Sono cuori!" esclamò deliziata Amber.

"E sono rossi e rosa come le nostre unghie," aggiunse Jade, scivolando nello spazio aperto accanto ad Alice e Morah, la figlia di Paul e Morian.

"Sì, la storia di stasera parla di amore, speranza e felicità, in onore di una festa terrestre molto speciale chiamata San Valentino," disse Carmen, stringendo le mani davanti a sé.

"Amooore," Zohar agitando il naso. "Quindi c'è anche baci? La mia mamma e il mio papi lo fa sempre!"

"Anche i nostri lo fa, solo che fa crescere i pantaloni di papà, quindi non può farlo troppo spesso davanti a noi," annunciò Spring.

"Succede anche al mio papi," aggiunge Bálint, sporgendosi in avanti per fissare Spring accigliato. "La mamma dice che io capirà quando sarà più grande."

"V… vaaaa bene, è ora della storia," interruppe frettolosamente Carmen prima che i bambini potessero dire altro, tra le risate degli adulti. "Questa è una storia di San Valentino. San Valentino è un giorno in cui si condivide l'amore che si prova per qualcuno. Questo amore può essere per un caro amico o per una persona molto importante per voi. È un giorno molto speciale. La storia parla di una donna con un cuore bellissimo, che si sentiva molto sola, e di un guerriero drago che aveva dimenticato cosa si provava a essere amati…"

Arilla si voltò verso il balcone e fece cenno a sua sorella di sbrigarsi. Arosa se l'era presa comoda per arrivare lì quella sera. Guardò la sorella.

"Ce ne hai messo di tempo," sibilò Arilla sottovoce. "Hai quasi perso la storia di questo mese."

"Dovevo controllarla," si difese Arosa.

"Sta benissimo," promise Arilla.

"Forse non avremmo dovuto prendere i suoi ricordi, Arilla," mormorò Arosa mentre atterrava accanto alla sorella.

"Abbiamo fatto la cosa giusta. Ne sono sicura. Ora vieni: non voglio perdermi la storia," disse Arilla, diventando trasparente.

"A chi tocca stasera?" chiese Arosa, seguendo la sorella.

"Carmen. Racconterà di una festa chiamata San Valentino," rispose Arilla prima di sparire attraverso le porte.

Phoenix scalò sulla piccola panca e Arilla e Arosa fluttuarono a sedersi accanto a lei. Un sorriso tenero arricciò le labbra di Phoenix, che prese con calma due biscotti dal suo piatto e li posò davanti alle Dee invisibili. Arilla si chinò e passò affettuosamente una mano sui capelli scuri di Phoenix.

Lo sguardo di Creon si spostò sulla giovane figlia che scivolò sul sedile della panca. Si accigliò quando lei sorrise e diede un colpetto sul sedile, come se aspettasse che qualcuno si unisse a lei. Un attimo dopo, la bambina pose con cura due biscotti uno accanto all'altro sul tavolo accanto a lei.

Un brivido di inquietudine attraversò Creon quando vide i capelli di Phoenix muoversi, come se qualcuno li stesse accarezzando. Il suo sguardo si spostò verso le porte del balcone, ma quella sera non c'era brezza. Preoccupato, chiamò il suo drago e toccò i fili d'oro attorno al suo polso.

*Cosa percepisci?* chiese, riportando lo sguardo su Phoenix.

*Le Dee sono qui,* mormorò il drago.

*Sono qui per prendere Phoenix?* chiese Creon con un pensiero tormentato.

*No... non ancora,* rispose il suo drago.

Carmen si schiarì la gola e si mise di fronte ai bambini. Aveva lavorato alla storia negli ultimi giorni. Prima di iniziare, si strofinò le mani sui jeans, per nascondere il nervosismo.

"C'era una volta una donna il cui cuore era talmente spezzato che si era nascosta dal mondo. In un prato all'interno di una grande foresta, questa donna viveva in una piccola casa gialla e bianca che aveva dipinto con amore perché sperava di crescervi una famiglia. Ma non era destino, così viveva da sola nella sua casa. Priva di amore, il suo cuore era colmo di una profonda tristezza," iniziò Carmen, prima di fermarsi quando Bálint alzò la mano.

"Sì, Bálint?" chiese Carmen con un sorriso.

"Le piace la foresta?" chiese Bálint.

"Sì, ama molto la foresta. È un posto tranquillo e silenzioso," rispose Carmen. Quasi subito, la mano di Jabir si alzò. "Sì, Jabir?"

"Ha degli animali?" chiese Jabir. "Come i precious o i grombots? Papà dice che gli animali fa sentire la casa piena. Cerca sempre di non calpestarli. Papà, noi può portarle qualche animale da visitare? La renderà felice."

"Ehm..." esordì Mandra prima di guardare Carmen con uno sguardo speranzoso. "Quanti grombot posso scaricarle?"

Carmen rise. "Non credo che i grombot siano una buona idea. Non esistono dove vive la donna," disse. "Aveva un gatto randagio che le ha fatto compagnia per qualche mese, ma un giorno se n'è andato e l'ha lasciata sola. Ora, se vogliamo arrivare alla fine, dovete ascoltare perché io possa raccontare la storia."

"Noi interrompe troppo," annunciò Spring con un cipiglio. "Può raccontare la storia, mamma."

"Grazie, Spring," rispose seccamente Carmen. "Un'altra domanda? Sì, Zohar?"

"Perché vive da sola nella foresta?" chiese Zohar.

Carmen scosse la testa e ridacchiò. Tra tutti i bambini, sinceramente si aspettava che Roam, Amber e Jade la interrompessero di più. L'unico motivo per cui non l'avevano interrotta era probabilmente perché avevano la bocca piena di biscotti. Con un forte sospiro, Carmen avvicinò lo sgabello che aveva dietro di sé e si sedette.

"La donna era sola perché il suo compagno era morto," disse Carmen con dolcezza, alzando lo sguardo per fissare Creon. "Era così triste e sofferente che non voleva – non pensava – di poter vivere."

"Oh, no!" sussurrarono i bambini, a vicenda.

"Ma il suo simbionte l'ha guarita, giusto?" chiese Jade con un sorriso luminoso.

Carmen scosse la testa. "No, tesoro. Vedi, sulla Terra non ci sono simbionti che possano guarirci. E anche se ce ne fosse stato uno, non credo che avrebbe potuto guarire il danno subito. Solo una cosa può veramente guarire un cuore spezzato."

"Biscotti?" chiese Roam con la bocca piena dei suddetti biscotti. "I biscotti può guarire un cuore spezzato. Ha un sapore delizioso."

Carmen rise. "No, non biscotti, ma qualcosa di simile."

"La mia mamma e il mio papi può aggiustare un cuore spezzato. Loro può sistemare qualsiasi cosa, vero?" chiese Amber, voltandosi a guardare i suoi genitori con un sorriso adorante.

Carmen scosse la testa. "No, nemmeno la tua mamma e il tuo papà potrebbero riparare questo cuore spezzato. Ci vorrebbe un guerriero drago molto, molto speciale per farlo. Un guerriero drago che pensava di non avere un cuore da donare alla donna sola. Il problema era che la donna sola non poteva vederlo. Vedete, lei era cieca. La donna sola era terrorizzata dal guerriero drago quando lo incontrò per la prima volta, perché lui era diverso."

"Diverso come me?" sussurrò Phoenix, sollevando lo sguardo verso sua madre. "La donna sola avrebbe paura di me perché io è diversa?"

Carmen si alzò dalla sedia e si inginocchiò davanti a Phoenix. La sua mano sfiorò la guancia della figlia. Anche Creon si alzò e si avvicinò per inginocchiarsi accanto a Phoenix.

"No, non avrebbe mai paura di te. Sei così bella che nessuno potrebbe mai avere paura di te," disse Carmen con voce roca e feroce, piena di emozione.

"Ma... non può vedermi. Come farà a sapere che io è bella?" chiese Phoenix.

Creon guardò Carmen prima di abbassare lo sguardo sulla figlia. "Lo sentirà nel suo cuore, proprio come fece il guerriero drago quando vide per la prima volta la donna sola. Poteva percepire il suo dolore. Poteva sentire il suo lutto," spiegò. "La donna cercò di nasconderglielo, ma lui non guardò con gli occhi, ma nel profondo di se stesso, e la sua anima poté vedere che il suo cuore era spezzato."

"Come lo ha riparato?" chiese Jade, spostando lo sguardo tra Carmen e Creon. "Come può aggiustare se non pensa di avere un cuore?"

Carmen si alzò e si frugò nella camicia. Tirò fuori un cuore rosso. Su di esso c'erano del pizzo e dei brillantini. Il suono degli "ooh" e degli "aah" dei bambini risuonò nel silenzio.

Carmen circondò con dolcezza il cuore tra le mani e lo guardò mentre continuava il racconto.

"Ci volle un po' di tempo, ma la donna sola si rese conto che più tempo passava con il guerriero drago, più si sentiva viva." Carmen sollevò lo sguardo verso Creon, con gli occhi che ardevano di devozione. "Non provava più tristezza o solitudine quando era con lui. Si sentiva al sicuro, completa. E così, fece l'unica cosa che poteva fare per tenere il drago vicino a sé per sempre: gli diede il suo cuore." Allungò le mani a coppa verso Creon, sorridendo alla sua espressione intensa e amorevole. "Perché lui aveva guarito i pezzi rotti e li aveva riempiti d'amore, un amore che lei non aveva mai pensato fosse possibile, e gli chiese di essere suo, per sempre."

Creon si alzò e si avvicinò a Carmen. Mise le sue grandi mani sotto quelle di lei, accarezzandole i polsi con i pollici mentre il cuore scintillava tra loro.

"Che cosa ha detto il guerriero drago?" chiese Phoenix.

Creon sorrise, prese il cuore dalle mani di Carmen e lo infilò nella camicia, sopra il proprio cuore.

Si tenne la mano sul cuore mentre diceva: "Le ha detto che era suo, per sempre, e che non l'avrebbe mai lasciata andare."

Creon fece scivolare le braccia attorno alla vita di Carmen. "Perché lei gli aveva donato un tesoro dal valore inestimabile, qualcosa che lui pensava non avrebbe mai trovato," disse Creon, con voce profonda e in tono serissimo. "E le chiese di essere sua, per sempre."

"La donna disse di sì," rispose Carmen, fissando lo sguardo su Creon.

"È questa la parte del bacio in cui i pantaloni inizia a gonfiarsi?" chiese accigliato Jabir.

Creon chiuse gli occhi ed emise una risata profonda, che contagiò subito l'intera sala. Carmen lo guardò per un breve istante, assaporando la felicità sul suo bel viso, prima di sollevarsi sulle punte dei piedi e sfiorargli le labbra con un bacio. Le braccia di lui si strinsero intorno a lei e lui la fissò.

"Ti amo, Carmen," mormorò Creon. "Custodirò per sempre il tuo cuore accanto al mio."

〜

"Allora, cosa vogliono che facciamo i piccoli?" chiese più tardi Vox, mentre gli uomini stavano pulendo la cucina. Si affrettò ad afferrare l'ultimo biscotto prima che potesse farlo

Cree e se lo mise in bocca. "Roam mi ha detto che dovevo aiutarlo a fare non so cosa."

"Vogliono fare dei biglietti di San Valentino per gli altri e per le loro madri," disse Zoran.

"È qualcosa di simile al cuore che ti ha dato Carmen, Creon?" chiese Mandra, voltandosi a guardare Creon che stava pulendo i piani.

Creon annuì. "Sì, Carmen e le ragazze li stavano preparando prima," disse e lanciò a Kelan lo straccio che stava usando.

"Che aspetto aveva?" chiese Trelon, appoggiandosi al bancone.

Creon tirò fuori dalla camicia il cuore di pizzo e brillantini. Lo dispiegò con cura e lo porse agli altri uomini perché lo guardassero. Il folto gruppo lo circondò e guardò il cuore con cipiglio.

"Potrei replicarlo," suggerì Trelon, guardando gli altri uomini. "Sarebbe facile."

"No, non si può," rispose Paul scuotendo la testa.

"Perché no? Sarebbe semplice," disse Trelon, guardando Paul con cipiglio.

"Amate le vostre compagne?" chiese Paul, appoggiandosi al piano e incrociando le braccia sul petto.

"Certo," mormorarono gli uomini in tono leggermente esasperato.

Paul guardò con attenzione ciascuno di loro prima di parlare. "Allora dovete dare a ciascuna un biglietto e un regalo che venga dal vostro cuore. È questo il significato di San Valentino. È un modo per dimostrare alla vostra compagna che è la donna più speciale del mondo per voi e che non c'è un'altra che possa riempire quel posto nel vostro cuore," spiegò.

"Cosa farai per *dola*?" chiese Zoran.

Paul sorrise. "Farò un biglietto di San Valentino e ci scriverò un messaggio speciale solo per lei. Le regalerò dei fiori e porterò lei e Morah a fare un picnic. Se riuscirò a trovare un gioiello speciale che potrebbe piacerle, glielo comprerò. Ma soprattutto le farò sapere che per me è la donna più bella del mondo e quanto la amo," spiegò. "Farò un regalo anche a Trisha, per dirle quanto le voglio bene e quanto sono orgoglioso di avere una figlia come lei."

"Tutto qui?" chiese accigliato Kelan. "Fai un biglietto, le regali dei fiori e magari dei gioielli, e le dai da mangiare?"

"È molto più faticoso di quanto sembra," ridacchiò Paul. "Ma ne vale assolutamente la pena."

"Allora, creiamo questi cuori e facciamo un regalo speciale alle nostre compagne. Possiamo farcela… con il tuo aiuto," disse Mandra con un cenno del capo prima di sorridere a Paul. "Potremmo incontrarci domani nel laboratorio al piano di sotto. Sono certo che le donne apprezzerebbero l'opportunità di fare shopping insieme."

Cree lanciò un'occhiata a Ha'ven. "L'ultima volta che le donne sono andate a fare shopping, Alice si è portata via nostra figlia," mormorò con un'espressione diffidente.

Ha'ven agitò la mano. "Questa volta saremo lì con i piccoli," disse prima di sorridere. "Ammettetelo, vi siete divertiti entrambi e Hope era perfettamente al sicuro."

"A me è piaciuta soprattutto la lotta con i palloncini," concordò Calo, prima di grugnire quando il fratello gli diede una gomitata nello stomaco. "Cosa c'è? Abbiamo vinto!"

"Ci sono volute settimane per togliere tutte quelle pagliuzze lucenti dai nostri capelli," ricordò Cree a Calo.

"Sì, ma Melina ci trovava belli," si difese Calo.

"I guerrieri non sono belli," ricordò Cree al fratello.

"Se può esserti d'aiuto, Calo, anche Amber e Jade trovavano bello me," disse Trelon ridendo, dando una pacca sulla spalla a Calo.

Paul ridacchiò. Si chiese quali nuove avventure avrebbe vissuto l'indomani, quando avrebbe portato il materiale per fare i biglietti di San Valentino. Ricordava di averlo fatto un anno con Trisha, Ariel e Carmen. Alla fine, lui era esausto, la casa era un disastro e c'era vernice dorata sul soffitto della cucina che era rimasta finché non l'aveva rifatta dieci anni dopo. Aveva ceduto volentieri l'evento alla mamma di Ariel e Carmen quando lei si era offerta volontaria l'anno successivo.

"Raccoglierò tutto il materiale e incontrerò tutti prima del pranzo di domani," suggerì Paul con un sorriso. "Forse è meglio, visto che sono l'unico, oltre alle donne, a sapere cos'è San Valentino."

# CAPITOLO 4

Diverse ore dopo, Creon e Carmen avevano dato la buonanotte agli altri, erano arrivati a casa, avevano fatto entrare e poi uscire Spring e Phoenix dal bagno, avevano raccontato loro un'altra storia e dato diversi baci della buonanotte, e ora le bambine stavano finalmente dormendo nei loro letti.

"Veglia su di loro, Harvey," sussurrò Creon.

Il simbionte dorato sbuffò sommessamente e si infilò nella stanza. Harvey si sistemò sul tappeto morbido disseminato di giocattoli. Un'ultima occhiata alle ragazze mostrò Phoenix, Spring e i loro simbionti più piccoli infilati nei rispettivi letti gemelli.

Creon chiuse silenziosamente la porta. Guardò Carmen, con gli occhi scintillanti di promesse. I suoi occhi si allargarono per la sorpresa quando Carmen lo bloccò contro la porta e lo baciò con una passione che lo lasciò voglioso di ben altro.

"L'ultimo che arriva al prato lontano sta sotto," sussurrò lei prima di far scorrere la mano sul davanti dei pantaloni di Creon e voltarsi.

Creon sbatté le palpebre, il corpo ancora fremente per il bacio, quando le parole di lei fecero presa. Percorse il corridoio e arrivò in salotto giusto in tempo per vedere per un istante Carmen nella sua forma di drago saltare oltre la ringhiera. Ringhiò profondamente e scattò verso il balcone, trasformandosi non appena ebbe superato la portafinestra. In un attimo, il drago nero era all'inseguimento della sua bella compagna.

*A me piace lei sopra,* brontolò il suo drago.

*Anche a me. Non arriveremo primi per un soffio,* promise Creon.

Phoenix sollevò la testa e rotolò sulla pancia. Lanciò un'occhiata alla porta prima di voltarsi a guardare Spring. Sua sorella le sorrise e annuì.

Entrambe avevano sentito i loro genitori uscire di nascosto.

"Andiamo," sussurrò Phoenix, tirando indietro le coperte.

Spring ridacchiò e scivolò giù dal suo letto per infilarsi in quello di Phoenix. Dopo il primo dell'anno, avevano ricevuto ciascuna un letto proprio, ma preferivano comunque dormire insieme. Una volta scesa, Phoenix coprì sua sorella con le coperte prima di guardarsi attorno alla ricerca di Harvey. Il simbionte dorato non ebbe bisogno di un secondo invito. Entrambe le bambine ridacchiarono quando il letto sprofondò sotto il peso di Harvey. Il simbionte fece un giro stretto su se stesso prima di sdraiarsi con la testa parzialmente tra di loro.

"Bravo Harvey," sussurrò Spring, accarezzando la testa massiccia. "Phoenix...?"

"Mmm?" rispose Phoenix nel bel mezzo di un enorme sbadiglio prima di adagiarsi contro il cuscino e sbattere le palpebre assonnate alla sorella. "Cosa, Spring?"

Spring si girò su un fianco per guardare Phoenix. "Cosa ti succederà?" chiese con voce sommessa.

Phoenix rimase in silenzio per diversi istanti. Non sapendo come rispondere a Spring, allungò la mano e infilò le dita nella criniera di Harvey. Il suo simbionte sollevò la testa e sbatté le palpebre verso Harvey, prima di rimettersi a dormire. Il simbionte di Spring era disteso sul letto e russava.

"Non ne è ancora sicura," sussurrò, guardando di nuovo Spring.

"Io non vuole che tu mi lasci mai," sussurrò Spring, posando la mano su Harvey per toccare quella di Phoenix. "Noi è sorelle. Deve stare insieme."

"Io sa, ma... io non è sicura di poter stare sempre qui, Spring. Io vede cose che non capisce," ammise Phoenix.

"È cose brutte?" chiese Spring con voce tremante. "Io è più grande di te. Io deve proteggerti dalle cose brutte."

Lo sguardo di Phoenix si addolcì. "Io ti vuole bene, Spring. Noi sarà sempre insieme nei nostri cuori, proprio come dice mamma e papì," sussurrò.

Spring sospirò e sbadigliò. Lasciò la mano di Phoenix per strofinarsi stancamente gli occhi. Quando ebbe finito, la sua mano cercò di nuovo quella di sua sorella.

"Cosa farà noi con il guerriero drago? Se lui non trova la signora sola, non potrà riparare il suo cuore come papà ha fatto con quello della mamma," borbottò, mezza addormentata.

"Domani noi parlerà con gli altri," rispose Phoenix. "Capirà cosa fare."

"Okay," rispose con dolcezza Spring prima di addormentarsi.

Phoenix si stava quasi addormentando quando sentì una mano sfiorarle con delicatezza i capelli. Rotolò leggermente su un fianco e sbatté le palpebre verso Arosa. Le sue labbra si arricciarono in un sorriso.

"Ci aiuterai a trovare la donna sola e il guerriero drago?" chiese, lottando per rimanere sveglia.

"Sì," sussurrò Arosa.

"Come?" chiese accigliata Phoenix.

"Lei vive nella casa gialla e bianca nel mondo di tua madre," spiegò Arosa con un'espressione impensierita.

"Ma come farà il guerriero drago a trovarla se è nel mondo della mia mamma?" chiese Phoenix, sforzandosi di mettersi a sedere.

"È già lì. Deve solo trovare la casa," sussurrò Arilla.

"Ma se non riesce a trovarla? La mia mamma dice che la donna sola ha paura del guerriero drago. E se non vuole parlargli?" chiese Phoenix.

"Beh, in effetti quel maschio è un po' brontolone," mormorò Arosa in tono pensieroso.

"Anche il suo drago non è molto collaborativo. Capisco che possa spaventarla," rispose Arilla con un sospiro.

"Voi non può dirgli di essere gentile? Il suo drago e il suo simbionte dovrebbe ascoltarti, no?" chiese Phoenix, sbadigliando di nuovo.

"Non possiamo…" cominciò a dire Arilla, ma sua sorella scosse la testa.

"Ma sì che possiamo!" rispose Arosa con un sorriso.

Phoenix aggrottò le sopracciglia. "Come può io parlare con lui?" chiese.

"Potresti parlare con la donna sola," disse Arilla.

"Il guerriero drago potrebbe seguirti a casa sua," aggiunse Arosa con un cenno del capo.

Phoenix scosse la testa e si riappoggiò al cuscino. "Ma… come fa io a raggiungere il mondo della mia mamma?" borbottò.

"Potresti passare attraverso lo specchio che crei," rispose Arilla, tranquillizzando Phoenix.

"Oh! Io aveva dimenticato di poterlo fare," esclamò Phoenix con un sospiro. "Può chiedere aiuto a mio papi questa volta? Dice che noi non può andare in giro da sole."

"Certo," risposero all'unisono Arilla e Arosa. "Ora dormi, bambina."

Phoenix sorrise assonnata ad Arosa e Arilla prima di chiudere gli occhi. Il suo sospiro sommesso sfiorò l'aria. Si rotolò e la sua piccola mano cercò quella di sua sorella. Solo una volta che si tennero per mano Phoenix si rilassò e cadde in un sonno pieno di sogni su una donna sola e sul guerriero drago a cui aveva toccato il cuore.

# CAPITOLO 5

"Arosa e Arilla dice che tu deve solo mostrare al guerriero drago dove vive la donna solitaria? *E* noi deve assicurarci che lei non ha paura di lui? Come deve fare?" chiese Spring, inclinando la testa per fissare sua sorella il mattino seguente.

"Sì, sì e sì. Io farà uno dei miei specchi e aiuterà il guerriero drago a trovarla, ma prima noi la troverà e le parlerà per farle capire che i draghi non fa paura," spiegò Phoenix.

"Io non sapeva che tu poteva andare in altri posti passando per lo specchio. Pensava che noi poteva solo giocarci dentro. Io può venire con te?" chiese Spring con un sorriso speranzoso.

Phoenix annuì. "Certo. Noi deve dirle del guerriero drago."

"E Harvey? Può venire anche lui con noi?" chiese Spring, infilando le dita nel manto dorato di Harvey.

"Io crede di sì. È meglio che prende anche i nostri simbionti. Papà dice che noi deve averli sempre con noi. Arilla e Arosa ha detto che anche papà può venire. Io ha detto loro che noi non vuole metterci nei guai," spiegò Phoenix.

"Lui e la mamma sta ancora dormendo, però. Forse noi può andare solo per un po'. Io vuole vedere dove viveva la mamma," disse Spring, rivolgendo uno sguardo supplichevole a sua sorella. "Noi non starà via a lungo e avrà Harvey e i nostri simbionti. Noi darà solo una sbirciatina."

Phoenix guardò Spring con un'espressione di incertezza. Alla fine, annuì quando Spring sporse il labbro inferiore. Era ancora molto presto. Se non fossero state via a lungo, mamma e papà non l'avrebbero mai saputo. Inoltre, avrebbero avuto con loro i simbionti. Erano i migliori babysitter del mondo!

"Va bene, ma solo per sapere dove abita," disse Phoenix, spingendo indietro le coperte e scivolando fuori dal letto.

"Evviva! Viene, Harvey. Viene, Pezzettino. Noi va all'avventura. Deve andare a cercare la signora sola prima che mamma e papi si sveglia," disse Spring con gridolino sommesso di gioia.

Il simbionte di Spring cercò di rintanarsi nel cuscino, ma il simbionte di Phoenix, Stardust, si avventò su di lui, facendo rotolare il piccolo gattomammone dorato sulla schiena. Ben presto, i due simbionti più piccoli cominciarono a fare la lotta sotto le coperte.

"Io ha bisogno di più spazio," disse Phoenix, guardandosi intorno nella loro camera da letto.

"Noi potrebbe farlo in giardino," rispose Spring con espressione pensierosa. "E gli altri? Tu pensa che deve venire con noi? In questo modo noi avrebbe più compagnia e non sarebbe davvero sole."

Phoenix rifletté per un attimo prima di annuire. "Io pensa che sarebbe una buona idea," disse.

"Evviva! Io prenderà la scatola parlante che ci ha regalato Amber e Jade," esclamò Spring con gioia, gettando indietro le coperte per poi scivolare fuori dal letto.

Venti minuti dopo, Phoenix e Spring aspettavano nel giardino del cortile inferiore. Harvey camminava lungo il perimetro, annusando ed esplorando. Phoenix guardò il cielo. Era ancora abbastanza buio da vedere le stelle.

"Cosa c'è che non va?" chiese Jabir, sbadigliando e strofinandosi gli occhi. "Io stava ancora dormendo quando Spring mi ha svegliato."

"Io è qui!" annunciò Alice, apparendo all'improvviso con un sorriso luminoso che mutò in confusione quando vide Phoenix, Spring e Jabir ancora vestiti per la notte. Lei indossava pantaloni marrone scuro, stivali e mantello coordinati e una camicia rossa brillante. "Io non sapeva che doveva rimanere in pigiama."

"Non doveva," disse Phoenix. "Noi non può cambiare come fa tu."

"Oh, io può aiutarvi," si offrì Alice. "Cosa vuole indossare tu?"

"Io vuole un maglione," affermò entusiasta Spring. "Un maglione blu scuro con una maglia bianca."

Alice aggrottò le sopracciglia e si morse il labbro mentre si concentrava. Pochi istanti dopo, Spring indossava un top blu scuro e un maglione bianco. Alice sbatté le palpebre e scosse la testa.

"Io deve ancora imparare bene a creare cose per gli altri," disse Alice con un'espressione imbarazzata.

"Non c'è problema. Mi piace," la rassicurò Spring, facendo scorrere le mani sul materiale morbido. "Phoenix, cosa vuole indossare?"

"A me piace i miei pantaloni morbidi e la mia camicia rosa, con i fiori sopra. A me piace i fiori sulla camicia," rispose Phoenix.

"Anche a me piace i fiori," esclamò Alice agitando le mani.

Una volta finito, si rivolse a Jabir. Phoenix sorrise quando Jabir indietreggiò e scosse la testa. Indossava un pigiama con immagini di draghi.

"A me piace il mio pigiama," mormorò Jabir. "Ecco Zohar e gli altri."

Phoenix si voltò e guardò Zohar, Bálint, Amber e Jade uscire dal palazzo e scendere le scale. Si accigliò, cercando Roam. Bálint atterrò e Roam balzò fuori da dietro un cespuglio. Bálint schivò e sorrise.

"Aww, Bálint, ti aveva quasi preso," si lamentò Roam, sbadigliando e grattandosi la pancia. "Cosa c'è di così importante da doversi alzare prima del sole? Alle tigri non piace alzarsi prima del sole. La mia mamma dice che ci fa diventare itti... irritabili, anche se io non sa cosa vuol dire. Mio padre deve dare a mia madre molti baci e caffè prima di parlarle se la sveglia. Le mie nuove sorelline, però, li sveglia spesso, così il mio papi dorme di più."

"Perché Amber e Jade è sporche di terra?" chiese Jabir con un cipiglio perplesso.

"Non è sporcizia. È mimetica," annunciò Amber.

"Sì, la nostra mamma ce ne ha parlato. Serve a renderti invisibile quando sei in missione," disse Jade, lisciandosi le mani sulla camicia e sui pantaloni neri.

"Io non aveva mai sentito parlare di mimetica," mormorò Jabir.

"È quello che fa mamma e nonno Paul quando io va con loro," spiegò Bálint all'orecchio di Jabir.

"Oh!" rispose Jabir con un'improvvisa comprensione.

Spring si schiarì la voce e si mise davanti al gruppo. "Phoenix ha parlato con Arilla e Arosa ieri sera. Loro ha detto lei dove vive la signora sola. Noi andrà a trovarla e le dirà che i draghi è buoni e che non bisogna avere paura. Poi, noi deve trovare il guerriero drago e condurlo da lei, in modo che lei può guarire il cuore del suo drago," annunciò. "Noi pensava che a voi piaceva venire con noi a trovarla. Noi deve mostrarle che non si sentirà più sola se amerà il guerriero drago."

"Dov'è la signora solitaria? La tua mamma non aveva detto che viveva in una casa gialla e bianca su un mondo lontano?" chiese accigliato Zohar.

"Vive nella vecchia casa della nostra mamma. È il posto da cui viene tutte le nostre mamme," rispose Spring.

Bálint scosse la testa. "Ma noi non dovrebbe andare all'avventura da soli," ricordò a Spring.

"Questa volta è diverso. Le dee hanno detto a Phoenix che deve andare. Inoltre, noi avrà Harvey, Pezzettino e Stardust con noi."

"Io vuole che venga anche Tesoro," disse Jabir, facendo un passo avanti. "Se Harvey può andare, può andare anche Tesoro."

"Symba può venire?" chiese Jade.

"Io pensa che tutti i simbionti dovrebbe venire con noi," dichiarò Zohar.

"Ma io non ha un simbionte," si lamentò Roam.

"Io nemmeno, Roam," disse Alice, prendendolo a braccetto. "Noi può essere l'uno il simbionte dell'altro."

"Condividerò Bio con te, Alice," si offrì Bálint, guardando inferocito Roam.

"Io sta con Alice. Sa fare cose belle," rispose Roam con un sorriso, stringendo la mano di Alice nella sua.

Spring ringhiò sommessamente e si avvicinò a Roam e Alice. Allungando la mano, lanciò un'occhiata rabbiosa a Roam e lo allontanò da Alice.

"Bálint ha detto che condivide Bio con lei. Jabir può dividere Tesoro con te," disse di scatto prima di allontanarsi.

Roam fissò la schiena rigida di Spring con un cipiglio confuso. Scrollò le spalle a Jabir prima di avvicinarsi al bambino più piccolo. Tesoro gli passò la lingua setosa sulla guancia.

"Io crede che anche Spring ha bisogno di baci e caffè prima che sorga il sole," sussurrò Jabir.

"Io crede di sì," disse Roam, avvolgendo il braccio intorno a Tesoro. "Mi piace il tuo pigiama. Io ne ha uno con le tigri."

"Oh, anche a me piacerebbe," esclamò Jabir. "Tu ha le pantofole abbinate?"

Roam abbassò lo sguardo sui piedi di Jabir, che portava delle pantofole a forma di drago, e annuì. "Sì, ma con le tigri," rispose.

"Forte!" Jabir sorrise.

"Io va a preparare lo specchio. È meglio se voi è nelle vostre forme di drago, così potrà attraversarlo," disse Phoenix, voltandosi a guardare Roam e Alice. "Roam, tu trasforma nella tua tigre. Alice..."

"Io può attraversare, Phoenix," interruppe Alice con un cenno sicuro.

"Ci pensa io," aggiunse Bálint, avvicinandosi ad Alice.

"Ok. Voi sta indietro," avvertì Phoenix.

Assunta la forma di drago, Phoenix aprì le ali e agitò il corpo. A differenza degli altri draghetti, il suo corpo era ricoperto da un sottile strato di piume color mezzanotte. I suoi occhi si accesero, cambiando colore fino a quando in essi non vorticò il riflesso delle galassie. Tutti gli altri bambini fecero un passo indietro, tranne Spring. Lei si precipitò in avanti, gettò le braccia attorno alla sorella e la abbracciò fortissimo prima di fare un passo indietro.

"Sei bellissima, Phoenix," sussurrò Spring.

Phoenix si chinò e passò la lingua sulla guancia di Spring, provocando un sommesso strillo di disgusto da parte di Spring. Poi Phoenix si voltò e si accovacciò, agitando la coda prima di prendere energicamente il volo. Sbatté le ali per guadagnare quota, poi calò in picchiata verso il suolo. Volò ripetutamente in un cerchio verticale.

"Guarda le sue piume," sussurrò Alice, stupita. "Brilla."

"Guarda il cerchio! Sembra che sia in fiamme," sussurrò Zohar.

Fiamme blu chiaro e scuro danzavano, congiungendosi l'una con l'altra quanto più velocemente Phoenix volava. Piccole scintille bianche, rosse e gialle si sprigionavano prima di assumere le varie tonalità di blu. Il corpo di Phoenix si confondeva, diventando a volte invisibile, mentre lei si concentrava sulla creazione del portale – o specchio, come lo chiamava lei – verso il mondo lontano. Nella sua mente, visualizzò la casa gialla con le persiane bianche di cui le aveva parlato sua madre.

Il cerchio si allargò fino a quando, al centro, apparve un grande buco. In esso si poteva scorgere l'oscurità dello spazio, illuminato da miliardi di stelle e galassie.

Phoenix si contorse, librandosi in graziose giravolte. Le sue piume brillavano e cambiavano colore mentre le immagini si susseguivano. Un piccolo pianeta ghiacciato apparve e scomparve per essere sostituito da uno più grande con delicati anelli di roccia, polvere e ghiaccio. Poi apparve un pianeta gigante, con un'enorme tempesta rossa che vorticava sulla sua superficie, prima di scomparire a sua volta.

Gli altri draghetti, Roam e Alice osservarono affascinati la comparsa in lontananza di un piccolo pianeta blu, verde e bianco. Ben presto superarono la piccola luna satellite che lo circondava e si ritrovarono a sorvolare un vasto oceano.

"È bellissimo," sussurrò Alice, fissando le immagini vivide che sfrecciavano.

"Guarda quanta acqua!" esclamò Jade. "È tanto blu!"

"Guarda le foreste," sussurrò Bálint.

Le immagini cominciarono a rallentare, cambiando con meno rapidità. Passarono davanti a una grande casa a due piani con diversi fienili e videro una strada che si snodava lungo il letto di un fiume prima di svoltare e salire su una lunga strada tortuosa che attraversava un boschetto denso di alberi. Tutti intravidero la sommità di un tetto argentato.

Phoenix rallentò quando le ultime linee si collegarono e lo specchio che aveva creato si illuminò di una delicata foschia blu attorno alla vivida immagine in rilievo di una foresta dall'altro lato. Si voltò, guardò Spring e annuì.

"Ora noi può attraversarlo," disse Spring con un sorriso felice, prima di trasformarsi in un drago bianco con piccole macchie d'oro che bordavano le scaglie e volare attraverso il portale.

"Io è il prossimo," ringhiò Roam con un sorrisone, trasformandosi nel suo cucciolo di tigre con un ringhio per poi balzare dietro a Spring.

Uno alla volta, tutti i draghetti e Alice li seguirono. Solo quando loro e i simbionti furono passati, Phoenix tracciò una spirale a mezz'aria e li seguì attraverso lo specchio magico fino alla fitta foresta dell'altro pianeta.

# CAPITOLO 6

Jarak Draken ringhiò un altro ordine a un guerriero mentre percorreva il corridoio. Si passò una mano sulla nuca prima di lasciarla ricadere. Se non fosse riuscito a controllare il malumore del suo drago, e il suo, presto si sarebbero ritrovati entrambi espulsi nello spazio dall'equipaggio. In qualità di ufficiale capo della sicurezza a bordo della *V'ager*, era sua responsabilità assicurarsi che tutto fosse sicuro e ben difeso.

"Signore, gli ultimi sistemi sono stati verificati," riferì uno dei guardiamarina.

"I protocolli di sicurezza aggiuntivi sono stati implementati in sala macchine?" chiese Jarak.

"Sì, come da istruzioni, ma c'è ancora un problema di programmazione sul ponte," rispose il guardiamarina.

"Dite ai programmatori che non voglio problemi, voglio soluzioni. Se il ponte di comando è accessibile durante un attacco, allora la nave può essere catturata. Io devo recarmi sul pianeta. Al mio ritorno, controllerò i sistemi. Se non sarà tutto a posto, staccherò la vostra testa e poi quella dei programmatori. Dite loro che è meglio che risolvano il problema prima del mio ritorno. Andate," ringhiò Jarak, voltandosi per entrare nella sala del teletrasporto.

Jarak impartì un ordine ai due guerrieri ai comandi del teletrasporto. Odiava quel marchingegno, ma a volte si rivelava necessario. In mattinata avrebbe avuto un incontro con Trelon Reykill riguardo a un nuovo sistema di armamenti a cui il principe e la sua compagna, Cara, stavano lavorando.

Fu attraversato da un brivido. Rabbrividiva ogni volta che si avvicinava alla piccola umana. Non che non gli piacesse la compagna di Trelon, ma non sapeva mai quale nuovo disastro si sarebbe portata dietro.

Il primo viaggio di Cara lontano dal suo pianeta era stato un incubo per lui. In pochi giorni, Jarak aveva scoperto che anni di impostazioni di sicurezza erano del tutto inutili. La pioggia nello spazio, la musica disco durante l'addestramento, il collasso dei loro sistemi di comunicazione quando lady Cara aveva trasmesso il programma "Accompagnatrice Virtuale Personale," o AVP, di lord Trelon in tutto l'universo.

"E basta," mormorò.

"Signore?" chiese uno dei guerrieri, alzando lo sguardo su di lui con un cipiglio confuso.

"Non parlavo con voi," scattò Jarak. "Trasportatemi a palazzo."

"Sì, signore," rispose l'uomo.

*Non è divertente,* ringhiò Jarak al suo drago. *Smettila di ridere!*

*PVC... È divertente,* disse il suo drago ridacchiando.

*Ha messo fuori uso il nostro sistema di comunicazione! Hai idea di quanto possa essere pericoloso?* chiese Jarak.

*Lei pensava che era cosa di idraulica,* ridacchiò il suo drago.

*Non era così divertente,* insistette Jarak.

Il suo drago sospirò e la risata si spense, lasciandolo avvilito. Jarak trattenne un'imprecazione silenziosa. Era colmo di rimpianto. Era passato molto, molto tempo dall'ultima volta che il suo drago aveva provato un senso di gioia. E del resto, era da molto, molto tempo che nemmeno lui ne provava. Era così grave che persino il suo simbionte si era rifiutato di raggiungerlo, preferendo rimanere nella sua cabina?

"Siete pronto, signore?" chiese il guerriero alla postazione di controllo.

"Sì," mormorò Jarak con un brusco cenno del capo.

"Trasporto," rispose l'uomo.

Jarak sentì l'onda familiare del suo corpo che si smaterializzava. Chiuse gli occhi, trasmettendo un breve messaggio di scuse al suo drago per essere stato così duro con lui. Sarebbe andato tutto bene. Doveva solo concentrarsi sul suo lavoro. Non esisteva una vera compagna per i guerrieri come lui o il suo drago. Vivevano, lavoravano e morivano in battaglia.

*Solo che ora non c'è più battaglia e non c'è nemmeno compagna,* si lamentò il suo drago.

Jarak stava per rispondere quando una sensazione insolita lo attraversò. Era diversa da qualsiasi altra cosa avesse mai provato prima durante un teletrasporto di routine.

*Avrei dovuto prendere una navetta,* pensò prima che tutto diventasse nero.

# CAPITOLO 7

Sandra Morrison canticchiava sottovoce mentre sistemava i fiori appena colti nel vaso. Portandosi un fiore al naso, lo annusò per capire cosa fosse. L'odore fragrante di una rosa le riempì le narici.

Le sue mani passarono sui fiori che aveva già messo nel vaso per assicurarsi che fossero al loro posto prima di aggiungere con cura la rosa. Amava il profumo dei fiori freschi.

Dopo aver preso il vaso, si incamminò con cautela lungo il sentiero che portava al portico. Contò mentalmente i gradini. Arrivata a quindici, il suo piede toccò il gradino più basso.

Istintivamente, Sandra si allungò e afferrò il corrimano con una mano, mentre con l'altra cullava il vaso contro di sé. Dovette fermarsi al terzo gradino per starnutire quando il profumo delle rose la travolse.

"Probabilmente avrei dovuto metterne solo due nel vaso. Mi sa che dovrà rimanere fuori," mormorò tra sé e alla sua gatta. "Che ne pensi, Coco? Dentro o fuori?"

Il miagolio sommesso aveva un suono brusco e spazientito alle orecchie di Sandra. Coco era ancora arrabbiata per il bagno. Beh, peccato. Sandra non apprezzava tutto il fango che Coco aveva portato in casa.

"Sai, è questo che succede quando piove e tu decidi di portare un topo vivo in casa! Hai lasciato impronte di zampine infangate su tutto il pavimento e sulla coperta afgana che avevo appena finito di sferruzzare," mormorò Sandra con un gesto della mano prima di voltarsi verso il tavolino.

Coco rispose con un altro miagolio prima di lasciarsi sfuggire un basso soffio.

Sandra si voltò e si bloccò, con il vaso ancora stretto al petto. Il suo viso si sollevò e si inclinò verso il suono appena udibile di un battito d'ali. Sembrava un gufo o un falco. Entrambi erano abbastanza grandi da mandare Coco in tilt.

"È troppo dura e cattiva perché tu possa mangiartela," disse Sandra rivolta al grande uccello, che il suo udito le diceva essere nelle vicinanze. Si voltò e posò i fiori sul tavolo. "Dovrai andare a cercare cibo da qualche altra parte. Inoltre, sono piuttosto affezionata a questa soffice palla di fango e mi dispiacerebbe perdere l'unica compagna con cui posso parlare."

Sandra cercò di mantenere un tono leggero, ma sentiva la nota di tristezza nella propria voce. Scosse la testa davanti a quella malinconia. Non aveva senso sentirsi triste per cose che non poteva cambiare. Le sue dita accarezzarono i petali della rosa appena colta.

"Ricorda la bellezza, Sandy," sussurrò. "Finché la ricorderai, essa non svanirà mai."

Inspirò e lasciò uscire l'aria. Negli ultimi due anni, la sua vita era cambiata così tanto che spesso si chiedeva se non fosse intrappolata in un sogno triste. Scuotendo la testa, pensò a quanto poteva essere strana e difficile la vita. Aveva rinunciato alla rabbia. Essa non le aveva procurato altro che mal di testa.

La goccia che aveva fatto traboccare il vaso era stato il crescente peggioramento della sua vista nel corso dell'ultimo anno. Con una diagnosi di retinite pigmentosa ricevuta a tredici anni, Sandra aveva saputo che quel giorno sarebbe arrivato, ma non si aspettava che arrivasse così presto. A quarantadue anni, aveva sperato di avere ancora qualche anno prima che le diventasse praticamente impossibile vedere anche di giorno.

La mano destra si spostò sulla sinistra e toccò il dito a cui un tempo portava la fede nuziale. Anche dopo quasi due anni, la cercava ancora.

Aveva dato quasi vent'anni della sua vita a un uomo che sapeva che quel giorno sarebbe arrivato, ma che una volta giunto il momento era scappato a gambe levate. Sandra sentiva ancora il dolore come una coltellata. Scosse la testa e si costrinse a sorridere. Non ci avrebbe pensato. Wayne aveva fatto la sua scelta.

"Come si dice? 'Se ami una persona, lasciala andare. Se torna, è tua per sempre; se no, non lo è mai stata'. Vorrei solo averlo lasciato andare molto prima," disse Sandy, ridacchiando con un sospiro. "Oh, beh, Coco. Almeno siamo state abbastanza fortunate da trovare questo posto. È perfetto per noi due sole."

Sandy ridacchiò quando sentì lo starnuto indignato della sua morbida compagna felina. Coco non sembrava minimamente colpita. Personalmente, Sandy si era innamorata di quella casetta che implorava un po' d'amore.

"Siamo fortunate che a Chad non sia dispiaciuto accollarsi noi due," la rimproverò Sandy, cercando a tentoni il suo maglione sullo schienale della sedia a dondolo. "Credo che sia ufficiale: finirò per diventare una vecchia sola che parla con il suo gatto. Chad si divertirà un mondo ad avere a che fare con noi."

Sandy indossò il maglione e si sedette sulla sedia a dondolo del portico posteriore. C'era un che di pungente nell'aria, che le faceva capire che l'inverno sarebbe arrivato prima che lei se ne accorgesse. A Sandra non importava. Suo fratello maggiore, Chad Morrison, si era assicurato che avesse legna per il caminetto in abbondanza.

Dondolandosi sulla sedia, Sandy cercò accanto al dondolo il suo cesto da cucito e i ferri da maglia. Sollevò il filo alla luce del sole che filtrava sul portico. Era difficile capire se fosse blu, bianco o nero. Non era ancora completamente cieca, ma quel poco che restava della sua vista stava svanendo rapidamente.

Inclinò la testa di lato quando sentì il rumore di un furgone che risaliva il lungo viale. Dovevano essere le nove. Chad passava ogni mattina alle nove precise per controllare come stava.

Cinque minuti dopo, il rumore degli stivali dell'uomo risuonò sui gradini di legno. Sandy continuò a sferruzzare, con un sorriso divertito sulle labbra. Riusciva quasi a sentire l'esasperazione di suo fratello.

"Ti comporti come una vecchietta," osservò Chad.

"Mi sto godendo la pensione," ridacchiò Sandy, dondolandosi.

"Sei troppo giovane per andare in pensione. Hai preparato il caffè?" chiese Chad, passandole accanto per raggiungere la porta d'ingresso.

"Se significa che sarai meno brontolone, allora sì. C'è una caffettiera fresca. Non mi dispiacerebbe una tazza. Due cucchiai di panna alla vaniglia, per favore," disse Sandy mentre chiudeva la porta della zanzariera.

"Lo so," ribatte Chad.

Sandy ridacchiò e continuò a dondolarsi e a sferruzzare, aspettando il ritorno di Chad. Un paio di minuti dopo, l'odore di caffè forte e il profumo di vaniglia francese le stuzzicarono il naso. Posò il lavoro a maglia sulle ginocchia e tese la mano verso la tazza di caffè.

"È calda," avvertì Chad.

"Lo spero; non mi è mai piaciuta la versione ghiacciata. È uno spreco di buon caffè," rispose Sandy, bevendo un sorso.

"Sandy..."

"Non mi sono arresa, Chad," mormorò Sandy da sopra il bordo della sua tazza. "Mi sto semplicemente prendendo una meritata pausa. Ho lavorato per oltre vent'anni per il governo. Ho investito bene i miei soldi e non ho mai toccato quelli che mi hanno lasciato mamma e papà. Non morirò di fame, almeno per qualche anno."

"Sei qui da quasi un anno," le fece notare Chad.

"Sì, e l'ho trascorso a ristrutturare la casa e ad andare dall'oculista. Ho finito con entrambe le cose, quindi mi sto prendendo del tempo per me," rispose.

"Come sarebbe a dire che hai finito? Hai un appuntamento la settimana prossima con quello specialista della Mayo Clinic," disse accigliato Chad.

"No. L'ho cancellato," rispose a bassa voce lei.

"Sandy..."

Sandy posò la tazza di caffè sul tavolo accanto a sé e avvolse con cura la lana attorno ai ferri da maglia prima di riporre il tutto nel cesto. Alzandosi, si diresse verso suo fratello. Sollevò le mani per assicurarsi di non pestargli i piedi. Riusciva a distinguere vagamente la sua sagoma. Un sorriso le sollevò le labbra quando lui afferrò le sue mani tese.

"Quanti medici devono dirmi la stessa cosa prima che io accetti finalmente che non c'è una cura?" mormorò Sandy.

"Possono rallentare la tua condizione," insistette Chad.

Sandy annuì. "E lo hanno fatto il più a lungo possibile. Abbiamo avuto una vita intera per abituarci all'idea, Chad. Non è la fine del mondo. È incredibile ciò a cui il corpo umano può adattarsi. Gli altri sensi stanno migliorando. Me la caverò," gli assicurò.

Sentì il profondo sospiro dell'uomo. Un sorriso le incurvò le labbra quando lui grugnì e posò la tazza di caffè sulla ringhiera per prenderla tra le braccia. Lei lo abbracciò a sua volta.

"Mi preoccupo per te," mormorò Chad.

"È il tuo lavoro," scherzò lei.

"Avrei dovuto prendere ogni centesimo della pensione di quel bastardo," replicò Chad.

"Lascia stare Wayne. È infelice. Va bene così," disse ridacchiando Sandy, per poi tirarsi indietro e piegare la testa di lato. "Ti ho detto che stamattina c'era un falco o un gufo enorme che aveva adocchiato Coco?"

"No, non l'hai fatto. Scommetto che Coco lo ha spaventato con quel suo sguardo da assassina psicopatica," rise Chad.

Sandy sorrise affettuosamente. "Forse sì."

# CAPITOLO 8

Phoenix atterrò e si trasformò appena entrata nel boschetto dove gli altri la stavano aspettando. Dall'alto, aveva visto che il portale li aveva condotti in una zona della foresta non lontana dalla casa gialla con le imposte bianche.

"Che cosa ha visto? Ha trovato la casa? Ha visto la signora sola?" chiese Zohar.

"Ha visto la casa. C'era anche una signora," rispose Phoenix, senza fiato ma con il sorriso sulle labbra.

"E adesso cosa fa noi?" chiese Roam, sbadigliando.

"A me sta venendo fame. Ci vorrà molto per aiutarla a non avere paura dei draghi? Io vuole fare colazione," si lamentò Jabir, strofinandosi la pancia che brontolava.

"Anche la mia tigre ha fame," gemette Roam.

"Prima noi deve parlare con la signora sola," disse accigliata Phoenix.

"Bálint, tu può trovarci del cibo come hai fatto l'altra volta?" chiese Alice.

Bálint si guardò attorno alla foresta. Un'espressione di incertezza gli attraversò il volto. Quella foresta aveva un aspetto diverso.

"Io può provare. Gli alberi e le piante sembra diversi da quelli di casa. Non so se c'è le stesse piante da mangiare," ammise.

"Perché voi ragazzi non va a cercare del cibo mentre noi ragazze va a parlare con la signora sola?" suggerì Phoenix.

"Io non sa, Phoenix. Forse noi dovrebbe stare insieme, per sicurezza," mormorò Jabir, avvicinandosi a Tesoro.

"Hai il tuo simbionte e Tesoro; andrà tutto bene," rispose Spring con un gesto della mano. "Voi va a cercare un po' di cibo e poi ci ritrova qui."

"Tu è proprio prepotente," si lamentò Roam, passandosi una mano sul naso.

Spring gli si rivoltò contro così velocemente che lui inciampò all'indietro e cadde. Fissò il volto furioso di lei e deglutì. Arricciando il naso, ringhiò.

"Io non è prepotente," dichiarò Spring, con le mani sui fianchi. "Io è arrabbiata con te."

Girando di nuovo su se stessa, Spring si trasformò nel suo drago. Roam si coprì il volto quando lei iniziò a scavare, gettandogli addosso della terra. Sbatté le palpebre vedendola scomparire sotto la terra smossa.

"Che cosa ha fatto io stavolta?" gemette, spalmandosi la terra umida sul viso mentre cercava di spazzolarla via. "Ho solo detto che è prepotente. Mio padre lo dice sempre a mia madre e lei gli risponde: 'Puoi scommetterci il culo che lo sono.' Non si arrabbia con lui."

"Forse ha solo fame. Il mio papi diventa ringhioso quando ha fame," disse Zohar.

"Ricordo che il nonno e la mamma mi ha detto che il loro ranch non è molto lontano da qui. Forse dovrebbe andarci. Mamma e nonno dicono che loro sa dei draghi e che piace," disse Bálint, facendo un passo avanti.

"Da che parte noi va?" chiese Jabir con un sorriso speranzoso.

"Bio è già stato qui. Può indicarci la strada," disse Bálint.

"Io cavalca Tesoro. Roam, tu vuole venire con me?" chiese Jabir.

"Ah-ah," disse Roam, scrutando il buco prima di alzarsi in piedi e avvicinarsi a Tesoro.

"Tesoro, noi ha bisogno di una macchina volante," disse Jabir.

In pochi secondi, Tesoro, Goldie e Bio si trasformarono in tre grandi falchi dorati. I maschi risero tutti mentre salivano sulle selle che si erano formate sul dorso dei grandi uccelli. Zohar si aggrappò alla sella quando Goldie si voltò verso le ragazze.

"Noi troverà cibo e tornerà. Ci vede alla casa gialla," disse Zohar.

Phoenix e le altre bambine annuirono. Lei non poté fare a meno di pensare che Zohar assomigliava molto a suo padre, seduto sulla sella con il mento alzato. Facendo un passo indietro, aspettò che ciascuno dei grossi volatili decollasse, Bio in testa.

"Che cosa fa noi adesso?" chiese Alice, avvicinandosi a Phoenix.

Phoenix si voltò e lanciò un'occhiata alle altre bambine. Il suo sguardo si soffermò su Spring. Sua sorella stava sbirciando dalla buca che aveva scavato, con gli occhi lucidi di lacrime non versate.

"Noi va a trovare la signora solitaria," mormorò Phoenix.

"Lì c'è un camion. Sembra quello che la mamma ci ha dato per giocare. Forse noi dovrebbe aspettare che se ne vada," disse Jade, scrutando la casa da dietro l'albero.

"Oh, ora se ne va," esclamò Amber con un sorriso malizioso. "Noi deve controllare la casa per assicurarci che non ci siano altri umani."

"Può farlo io!" disse Alice. "Torna subito."

"Alice... aspetta," iniziò a dire Phoenix, ma Alice era già scomparsa.

"Spring, tu può portarci più vicino alla casa?" chiese Phoenix, voltandosi a guardare sua sorella.

Spring uscì dalla buca e si scrollò il terriccio di dosso prima di riassumere la forma a due zampe. Si morse il labbro, guardando dalla buca che aveva iniziato alla casa attraverso gli alberi e indietro. Guardò Phoenix.

"Io può provare. Qui il terreno è roccioso. Io non riesce a scavare nella roccia," rispose Spring.

"Via libera," rispose Alice, spaventando tutti quando riapparve all'improvviso.

"Che cosa ha visto?" chiese Jade.

Alice sorrise a Jade e Amber. "La signora sola ha un gatto proprio come Roam, solo più morbido e femmina. Si chiama Coco e parla anche come Roam," disse.

"Spero che sia più intelligente di lui," brontolò Spring sottovoce.

"Credo che noi dovrebbe andare a parlare con lei," suggerì Phoenix, guardando gli altri in cerca di indicazioni.

"Okay, io saluta per prima," ridacchiò Amber, voltandosi e trasformandosi.

"Ehi, non è giusto," ringhiò Jade, trasformandosi e inseguendo la sorella.

"Io pensa che noi dovrebbe essere le prime," suggerì Alice con un luccichio negli occhi. "Voi aggrappa a me."

Phoenix e Spring afferrarono entrambe il braccio di Alice. Harvey e Symba sbuffarono con disappunto quando le tre bambine scomparvero all'improvviso. Harvey lanciò un'occhiata a Symba. L'altro simbionte si limitò a scrollare le spalle, abituato alle marachelle di Amber e Jade.

Scuotendo la testa, Harvey diede un colpetto a Pezzettino e Stardust quando i due piccoli simbionti sporsero la testa dalla buca che Spring aveva scavato. Con un forte sospiro che fece ricadere le ciocche di criniera dorata sui due piccoli gattomammoni che lo guardavano, Harvey inviò loro un messaggio affinché raggiungessero Phoenix e Spring.

# CAPITOLO 9

Sandy aggrottò le sopracciglia, e si chinò a raccogliere il cesto dei filati. Inclinò la testa, ascoltando. Coco soffiò spaventata. Sandy sentì le zampe della gatta picchiettare contro il legno del portico e il fruscio della gattaiola che suo fratello Chad aveva installato nella zanzariera.

Era strano, ma era sicura di aver sentito il rumore di diversi animali che correvano nel cortile. Raddrizzandosi, si voltò e si avvicinò al bordo della scaletta. Dei soffici ringhi echeggiarono nell'aria, avvicinandosi.

Sandy trasalì quando percepì, più che sentire, un suono accanto a lei. Le sue mani si strinsero sul palo e lei girò la testa. Rimase a bocca aperta quando scorse tre sagome sfocate in piedi sulla veranda, vicino a lei. Sandy si girò per fronteggiarle completamente e si portò la mano alla gola.

"Ciao!" esclamarono contemporaneamente due voci infantili senza fiato.

"Ha detto prima io," disse una delle voci.

"No, è stata io!" obiettò l'altra.

"Noi è arrivate alla casa per prime," dichiarò un terzo in tono leggermente vittorioso.

"Cosa... Da dove venite?" chiese Sandy, con la testa che sembrava stesse per volarle via dalle spalle a forza di girarla avanti e indietro così velocemente. Distratta, non sa accorse di aver messo un piede in fallo. "Oh!"

"Harvey, aiutala!" gridò Phoenix.

Sandy avrebbe dovuto fare una brutta caduta, ma qualcosa di liscio e setoso le si avvolse intorno, afferrandola e sostenendola. La sua mano sinistra passò sulla superficie e le sue dita affondarono in essa mentre cercava di aggrapparsi. Il calore la circondò, rassicurandola che era al sicuro.

"Che cos'è questa cosa? Chi siete voi? Dove...?" ricominciò Sandy, aggrappandosi al palo di sostegno quando i suoi piedi furono di nuovo sul portico.

"Io è Amber."

"Io è Jade. Noi è gemelle," disse la sagoma di nome Jade.

"Io è Alice," disse una voce alle sue spalle. "Queste è Spring e Phoenix."

Sandy deglutì e si voltò verso le prime due voci che avevano parlato. "Amber, Jade..." Si girò in un cerchio stretto, mantenendo la presa sul palo. "Alice, Spring e Phoenix. Chi è Harvey?"

"Harvey è il nostro simbionte," affermò un'altra voce.

"Tu quale sei?" chiese Sandy con cipiglio, cercando di associare una bambina a ciascuna voce.

"Io è Spring," rispose Spring.

"Io è Phoenix," salutò Phoenix in un tono più riservato.

"Cos'è un simbionte?" chiese Sandy.

Sandy inclinò la testa quando sentì le voci ridursi a un sussurro frenetico. Ascoltò, cogliendo pezzi della loro conversazione.

"Di cosa è fatto Harvey?"

"Non lo so."

"Mamma e papà non ci ha mai detto di cosa è fatto un simbionte."

"Perché non ricominciamo da capo?" suggerì Sandy quando il mormorio cessò. "Io sono Sandy Morrison e voi siete Amber e Jade…"

"Io conosce la risposta a questa domanda!" rispose Jade con una piccola dose di sollievo.

"Anch'io. Io è Amber Reykill e questa è mia sorella Jade. Ha il mio stesso cognome perché noi è sorelle," dichiarò Amber.

"Sì, immagino di sì, soprattutto se siete gemelle," dice ridendo Sandy.

"Anche noi è gemelle. Io è Spring Reykill e lei è Phoenix. Noi è principesse," dichiarò Spring.

"Anch'io è principessa. Mi chiama Alice Ha'darra. È una curizan. Non può trasformarmi in un drago o in una tigre come gli altri, ma può usare l'energia che mi circonda per fare delle cose," disse Alice.

"Principesse… draghi… tigri… e tu usi l'energia?" ripeté Sandy, assecondando la fantasia delle bambine mentre rifletteva sulla sensazione del tutto estranea che le dava… Harvey. Era ancora accanto a lei, una cosa calda, viva e semipermeabile che, per quanto lei strizzasse i suoi deboli occhi, rimaneva una sagoma sfocata dal colore indefinibile. Gli altri sensi le dicevano che si trattava di una medusa mammifera a forma di grosso cane... e quello non era possibile. "Credo di dovermi sedere."

"Ecco," disse Phoenix, allungando la mano e infilandola in quella di Sandy.

Sandy sprofondò nella sedia a dondolo. Harvey la seguì, trasmettendole ondate di conforto. Sandy si strinse nel maglione e si chinò in avanti, sbattendo le palpebre. Era una di quelle occasioni in cui malediceva la malattia che le aveva tolto la vista. Avrebbe disperatamente voluto vedere quello che stava succedendo.

"Dove sono i vostri genitori? Come siete arrivate qui?" chiese Sandy.

"Loro sta ancora dormendo, almeno i nostri. Phoenix ha creato uno specchio per farci venire a trovarti," rispose Spring.

"Sì, Arilla e Arosa le ha detto che doveva trovarti e noi è venute con loro perché è quello che fanno i migliori amici," spiegò Alice.

"Inoltre, è divertente," aggiunse Jade.

"I vostri genitori si preoccuperanno molto se si sveglieranno senza trovarvi. Chi sono Arilla e Arosa? Dovevano tenervi d'occhio? Non c'è una casa nel raggio di trenta chilometri da qui, a meno che non stiate al Grove Ranch, e anche quella è una bella distanza per dei bambini che girano da soli. Chiamerò Chad e lui avvertirà i vostri genitori," disse Sandy con un cipiglio preoccupato.

"Arilla e Arosa è dee. Loro vive nell'Alveare sul nostro mondo," disse Spring, sedendosi sulla sedia a dondolo accanto a Sandy.

Sandy si fermò, contemplando per un istante l'impossibile. "Dee," disse ridendo tra sé e sé. "Sapete... penserei che tutte voi abbiate una meravigliosa fantasia – e forse è così – ma... il vostro simbionte... Non avevo mai provato... Credo di stare sognando," ammise.

Phoenix lanciò un'occhiata agli altri e tutti la guardarono. Amber le fece cenno di dire qualcosa. Phoenix annuì.

"Io ti fa vedere quello che so, Sandy. Stardust, vieni qui," ordinò Phoenix, sollevando la mano verso il suo piccolo simbionte. "Collegami a lei."

Stardust rabbrividì nel palmo di Phoenix, spostando lo sguardo tra Phoenix, Sandy e Harvey come se fosse incerto. Harvey sbuffò e sfiorò con la punta del naso il simbionte per incoraggiarlo. Stardust si dissolse, formando due braccialetti collegati da una corda. Uno dei bracciali si avvolse intorno al piccolo polso di Phoenix, mentre l'altro si formò intorno a quello di Sandy.

"Io è Phoenix Reykill. Spring è mia sorella maggiore, ma noi è gemelle. Noi vive su Valdier. È un pianeta molto lontano da qui. La nostra mamma è venuta da qui. Ha vissuto in questa casa prima di te."

A Sandy si mozzò il fiato quando le immagini cominciarono a formarsi nella sua testa. Erano così chiare, così vivide. Una donna con i capelli corti e biondi le sorrise prima di svanire per mostrare un grande uomo dai capelli scuri che fece indietreggiare Sandy sulla sedia per la paura. I suoi occhi dorati brillavano di potere.

"Occhi d'oro..." sussurrò, tremando prima di ansimare.

L'immagine successiva era quella di un mondo alieno. Un'ombra le passò accanto e, nell'occhio della sua mente, Sandy guardò in alto. Draghi di ogni forma, dimensione e colore volavano sopra di lei. Si voltò quando udì il suono di una risata. Due piccoli draghi, uno bianco e uno nero, correvano in un campo di alta erba viola, inseguiti da un grande drago nero.

Le labbra di Sandy si schiusero in un grido di avvertimento, che però svanì quando apparve un altro drago. Era più piccolo del drago nero, ma lei sentiva il feroce senso di protezione che irradiava e capì subito che doveva essere la madre dei due piccoli. Il drago nero le saltò addosso e i due draghi adulti si rotolarono nell'erba. La scena cambiò e, quando riapparve, Sandy poté vedere che l'uomo dai capelli scuri stava baciando la donna dai capelli biondi.

"A loro piace baciarsi," interviene Spring, in sintonia con la sorella come solo i gemelli potevano essere. "È la nostra mamma e il nostro papi. Lui è un principe e un potente guerriero drago."

"Voi due... siete draghi... e mutaforma, anche?" chiese Sandy con voce tremante.

"Sì," disse Phoenix.

"Come faccio a sapere che è tutto vero?" chiese Sandy con voce disperata.

"Lascia che ti mostri," mormorò Phoenix.

Sandy si bloccò al rapido mutamento nell'aria intorno a lei. Le dita le si strinsero in grembo mentre la sagoma di fronte a lei cambiava forma. Sandy si sforzò di vedere oltre le ombre che le limitavano la vista e sussultò quando sentì il tocco di un naso contro le nocche.

"Non avere paura. Phoenix è diversa da noi, ma non ti farà del male," le assicurò Spring.

"Spring, trasformati anche tu, così Sandy può sentire come sei," suggerì Alice.

"Okay," rispose Spring.

Ancora una volta, Sandy avvertì il vago mutamento dell'aria prima di sentire un'altra spinta, questa volta contro la mano sinistra. Sollevò entrambe le braccia e le allungò timidamente. Le sue mani sobbalzarono quando sentì il contatto poco familiare delle piume contro le dita della mano destra, mentre scaglie lisce e calde toccavano la sinistra.

"Ah… Santo cielo," sussurrò Sandy stupita, lasciando che le sue dita esplorassero ciascuna testolina. "Posso tracciare i contorni dei vostri volti con le dita?"

Phoenix leccò le dita di Sandy per farle capire che poteva toccarla. Sandy non riuscì a trattenere la risata tremante che le sfuggì. Stringendo le mani intorno alla testa della bambina, Sandy usò le dita per percorrere delicatamente i lineamenti di Phoenix. Il calore la inondò e nella sua mente apparve l'immagine brillante di un piccolo drago dalle piume nere. Affascinata, Sandy accarezzò le piume, memorizzandone la sensazione, mentre l'immagine si consolidava nella sua mente.

Le sue mani scesero lungo la testa di Phoenix fino alle spalle. Sandy si fermò quando Phoenix aprì le ali. Le sfuggì un respiro affannoso. Era incredibile! Come poteva essere possibile? Era qualcosa di… magico.

Ridacchiò quando sentì un altro naso che la stuzzicava con impazienza. Voltandosi sul sedile, Sandy passò le dita sulla testa di Spring, notando le differenze le due. Spring era la perfetta riproduzione di ciò che Sandy immaginava essere l'aspetto e la consistenza di un drago.

"Perché siete qui?" mormorò Sandy scuotendo la testa, allontanando a malincuore la mano e sedendosi di nuovo sulla sedia.

"Perché noi ha bisogno del tuo aiuto," disse Amber.

"Sì, tu deve aiutare il guerriero drago," aggiunse Jade.

L'immagine dell'enorme uomo dai capelli neri balenò nella mente di Sandy prima di essere sostituita da quella di un drago. Lei deglutì. Sicuramente, le bambine non intendevano un vero guerriero drago.

"Come potrei mai aiutare un drag... un guerriero drago?" chiese Sandy con voce flebile.

"Deve farlo innamorare di te per poter guarire il suo cuore," spiegò Amber con voce urgente.

"È brontolone, e anche il suo drago," aggiunse Jade.

"Ma se tu lo ama, può guarire il suo cuore," disse Alice.

"E farlo tornare integro," intervenne Spring.

"Proprio come la nostra mamma ha fatto con il nostro papi," concluse Phoenix.

Sandy si appoggiò allo schienale, sbalordita. Non c'era altro modo per descrivere il suo stato d'animo. Portandosi una mano tremante alla fronte, scosse la testa.

"Siete venute da un mondo lontano, senza il permesso dei vostri genitori, per aiutarmi a innamorarmi?" chiese incredula, prima di alzarsi dalla sedia a dondolo.

"Dove va tu?" chiese Alice.

Sandy si guardò alle spalle. "Chiamerò mio fratello e gliene dirò quattro," disse con un cipiglio. "Poi scoprirò chi sono i vostri genitori e vi rimanderò a casa."

# CAPITOLO 10

"Nonno Paul dice che loro sa di noi," disse Bálint.

"So che mio padre ha detto che i guerrieri viene qui," disse Zohar con un'espressione scettica.

"Noi è guerrieri, non è vero, Jabir? Inoltre, io sente odore di cibo!" disse Roam.

"Roam, aspetta!" iniziò a esclamare Zohar prima di emettere un ringhio esasperato. "Ci metterà nei guai."

Jabir si voltò a guardare Zohar con il labbro inferiore che tremava. "Ma anch'io ha fame, Zohar. Io ricorda che il nonno ci ha parlato di questo posto. Bálint ha ragione. Loro sa di noi," disse Jabir.

"C'è un buon odore e noi ha promesso di portare alle ragazze un po' di cibo," aggiunse Bálint titubante.

Zohar fece una smorfia per il brontolio del suo stomaco. L'odore di qualcosa di buono riempiva l'aria della grande casa a due piani. Un basso gemito gli sfuggì quando vide Roam che si dimenava per infilarsi in una porticina quadrata.

"È meglio che noi va con lui. Altrimenti potrebbe finire nei guai," concordò infine Zohar.

"Evviva! Tesoro, ho bisogno del mio piccolo simbionte, per favore," dichiarò Jabir, trasformandosi in un piccolo drago blu zaffiro.

Tesoro brillò. Dalla lunga criniera dorata spuntò un piccolo simbionte. Nel momento in cui vide Jabir trasformarsi, fluì nell'aria, formando un'armatura intorno a lui. Jabir sorrise prima di voltarsi e attraversare il cortile diretto verso la casa.

Bálint guardò da dietro il fienile mentre Jabir si dirigeva verso la porta da cui Roam era scomparso. Si voltò verso Zohar e scrollò le spalle.

"Bio, resta qui. Se io avrà bisogno di te, ti chiamerà," disse Bálint.

Zohar accarezzò Goldie. "Anche tu, Goldie," ordinò, trasformandosi in un draghetto marrone scuro.

Bálint e Zohar attraversarono di corsa il cortile. Erano a metà strada verso la casa quando un camion arrivò dal retro. I due ragazzi si bloccarono in mezzo al vialetto. L'autista del camion frenò, fissando incredulo i due piccoli draghi che lo guardavano.

"Ma che diavolo?" esclamò Chad, sbattendo le palpebre quando i draghi si voltarono e attraversarono di corsa il cortile verso la casa.

Il suo sguardo li seguì mentre salivano i gradini e sparivano attraverso la porticina per il cane. Chad stava per aprire la portiera del guidatore per seguirli quando il furgone scattò in avanti, ricordandogli che non lo aveva spento e non aveva tirato il freno a mano. Soffocando un'altra imprecazione, mise rapidamente il veicolo in park e spense il motore.

Spalancando la porta, raggiunse il gradino più alto mentre un urlo terrorizzato squarciava l'aria. Chad rabbrividì quando sentì il forte schianto di una padella e quello che sembrava il verso di un gatto incazzato. Il suono della voce di un altro uomo si levò al di sopra del rumore.

"Ma che diavolo?!"

Chad aprì la porta posteriore dell'anticamera. Ebbe un sussulto quando l'abbaiare acuto di Pippy, il cane di Ann Marie, un incrocio di Terrier, si unì alla mischia.

"Resistete! Ahi! Ann Marie, prendi Pippy," stava urlando Mason quando Chad attraversò l'anticamera e aprì la porta posteriore della casa.

"Ma che...?" esordì Chad, uno sguardo incredulo sulla cucina.

Si chinò e afferrò Pippy quando il Terrier gli passò accanto. Sul tavolo c'erano un piccolo cucciolo di tigre e... un drago ricoperto d'oro. Un altro drago era nell'angolo e un quarto sbirciava da sotto il tavolo.

Chad si voltò, aprì la porta e lasciò cadere Pippy nell'anticamera. Inserì il blocco della porticina, in modo che la cagnolina non rientrasse. Mason era in piedi vicino alla stufa, con Ann Marie in braccio. Ann Marie teneva in mano un frullatore da cui grondava pastella e un cucchiaio di legno.

Chad riportò lo sguardo sul tavolo. Il cucciolo di tigre lo guardò per un secondo prima di chinarsi a prendere un biscotto dal piatto al centro del tavolo. Chad scosse la testa e si stropicciò gli occhi. Le creature erano ancora lì, solo che questa volta il paffuto drago blu era seduto con un biscotto in ogni mano.

"Cosa... cosa sono?" chiese Ann Marie con voce stupita. "Stavo preparando la colazione e subito dopo Pippy è impazzita e quei due si sono arrampicati sul tavolo per sfuggirle."

"Io è Zohar," disse un bambino, spuntando da sotto il tavolo.

"Io è Bálint. Qui viveva nostro nonno Paul e la mia mamma," disse Bálint, alzandosi in piedi vicino all'angolo.

"Io è affamato... Cioè, io è Jabir. La mia mamma viveva qui vicino. Lei e zia Carmen è sorelle," disse Jabir con un sorriso. "Voi ha del miele? Mi piace il miele sui biscotti."

"Chi è quello?" chiese Mason, accennando a Roam, che stava girando intorno al tavolo annusando i diversi piatti coperti.

"Quello è Roam. È un sarafin," disse Zohar. "Loro diventa felini."

Roam si trasformò. "Io sente odore di carne," annunciò Roam sollevando il coperchio di un piatto. "Buono!"

"Oh, cielo," sussurrò Ann Marie, lo sguardo fisso sul gruppetto.

# CAPITOLO 11

"Dove sono i vostri genitori?" chiese Chad.

"A casa," disse Jabir con la bocca piena di biscotti.

"Noi è venuti da soli. Beh, più o meno da soli; le ragazze sta parlando con la donna sola. Noi aveva fame ed è venuti qui," spiegò Roam. "Voi ha delle uova? La gallina di zia Tina fa le uova e sono buone."

"Io… sì, stavo preparando dei pancake," mormorò Ann Marie, rendendosi improvvisamente conto che stava gocciolando pastella sul pavimento. "Mason, pulisci. Io finisco di preparare colazione. Roam, ancora solo un pezzo di bacon prima della colazione, e tu e Jabir scendete dal tavolo."

"Sì, signora," rispose Roam, afferrando due pezzi di bacon e infilandosene uno in bocca mentre saliva su una delle sedie.

"Io può avere dei pancake con gocce di cioccolato? Zia Cara ha imparato a programmare il replicatore per fare il cioccolato. A me piace i pancake con gocce di cioccolato, le cioccolate calde e i biscotti al cioccolato," chiese Jabir con un sorriso speranzoso.

"Io... Sì, Chad, prendi le gocce di cioccolato dal freezer," ordinò Ann Marie. "Ora uscite tutti mentre io preparo la colazione."

Chad aprì il freezer e tirò fuori le gocce di cioccolato. Le porse a Ann Marie prima che lui e Mason radunassero i loro ospiti inattesi e uscissero dalla cucina. Chad vide il sopracciglio alzato di Mason e scrollò le spalle. Era ignaro quanto l'altro uomo di chi, cosa, quando, dove e come i bambini fossero apparsi all'improvviso. Tuttavia, avevano tutte le intenzioni di scoprirlo.

"Di solito ci avvisano quando sono nei paraggi, così possiamo mettere in sicurezza il ranch," mormorò Mason a Chad.

"Lo so, ma hai sentito i bambini: hanno detto di essere venuti da soli," ribatté Chad.

"Com'è possibile? Voglio dire, non ce lo vedo un gruppo di ragazzi che ruba un'astronave e viaggia da solo per anni luce," disse Mason.

"Sono alieni; come diavolo faccio a sapere cosa possono fare?" rispose Chad.

"Okay, ragazzi, è ora di dirci che cosa sta succedendo," disse Chad, aiutando Jabir a salire sul divano quando questi faticò a tirarsi su con gli altri.

I bambini si guardarono intorno nella stanza. Chad vedeva che erano affascinati da tutto. Osservò ciascuno di loro per diversi secondi. C'erano tre piccoli con i capelli scuri e uno biondo. Il bambino dai capelli biondi aveva delle macchie sulla fronte che scendevano lungo il viso e il collo. Indossava un paio di pantaloni blu scuro e una maglia coordinata. I suoi piedi erano nudi.

Quello dopo era quello piccolo e paffuto. Indossava un pigiama. Piccole immagini di draghi coprivano sia la maglietta che i pantaloni e i suoi piedini ondeggianti erano coperti da un paio di pantofole che ricordavano anch'esse dei draghi. Chad sbatté le palpebre quando vide una piccola creatura dorata sbucare da dietro il bambino prima di scomparire di nuovo.

Scuotendo la testa, volse lo sguardo al bambino successivo. Gli si mozzò il fiato. Riusciva a vedere la somiglianza con Trisha Grove nel volto del piccolo. Questi indossava un paio di pantaloni marrone scuro, stivali bassi e una camicia nera a maniche lunghe. Fissava Chad con curiosi occhi dorati dallo sguardo serio.

Chad scoprì che l'ultimo bambino lo stava fissando come se lo stesse valutando. Una rapida occhiata a Mason gli fece capire che anche lui aveva notato lo sguardo del ragazzo. Quest'ultimo era vestito di nero dalla testa ai piedi e portava al fianco una piccola spada di legno.

"Forse sarebbe meglio una presentazione più formale. Io sono Chad Morrison e lui è Mason Andrews," esordì Chad.

"Nonno Paul ha detto che tu era il suo migliore amico quando lui era piccolo," disse Bálint con un cenno del capo. "Io ricorda di aver visto una tua foto che la mia mamma ha nel suo libro di figure."

Chad avanzò e si inginocchiò davanti al divano. Sorrise a Bálint. I capelli del bambino erano neri come quelli degli altri due, ma aveva i riccioli fitti di Trisha. Un sorriso di rimpianto incurvò le labbra di Chad.

"Conosco tua madre da quando aveva circa la tua età. Ho conosciuto anche tuo padre. Kelan, vero?" chiese Chad.

Bálint annuì. "Io è Bálint Reykill. La mia mamma e mio nonno mi ha insegnato a giocare a rimpiattino come si faceva qui," aggiunse con voce pacata.

"Me lo ricordo," ridacchiò Mason. "Tua madre mi ha beccato più di una volta."

Il volto di Bálint si illuminò di orgoglio. Chad si voltò a guardare il bambino che li stava valutando con un'intensità tranquilla che smentiva la sua età.

"E tu sei…?" chiese Chad.

Zohar lo fissò. "Io è Zohar Reykill. Figlio di Zoran e Abby Reykill. Un giorno io governerà i valdier," disse, sporgendo la mascella.

"Ma manca ancora molto tempo," aggiunse Jabir. "Io è solo un principe. Mio padre è il più grande di tutti i guerrieri draghi. La mia mamma mi dice di non preoccuparmi perché sono più piccolo, perché crescerò."

Mason ridacchiò al sorriso contagioso di Jabir. Chad annuì prima di rivolgere nuovamente la sua attenzione a Zohar. Si alzò e fece un passo indietro per sedersi sulla sedia di fronte a loro.

"Allora, dimmi come siete arrivati qui; dove sono i vostri genitori e perché siete venuti?" chiese Chad in tono calmo.

Zohar guardò Mason, poi di nuovo Chad. Il ragazzino si chinò verso gli altri, incrociando i loro sguardi, quasi come se stesse chiedendo silenziosamente agli altri quanto fosse il caso di raccontare. Chad decise che aspettare era probabilmente la strategia migliore per scoprire cosa diavolo stava succedendo.

Zohar si raddrizzò e guardò Chad con un'espressione pensierosa. "Noi è venuti a cercare la signora sola. Deve guarire il cuore del guerriero drago prima che quello ghiacci," spiegò.

"La signora sola... Chi è la signora sola?" chiese confuso.

"Vive nella casa gialla con le persiane bianche. È dove viveva la zia Carmen," rispose Jabir, i cui occhi si illuminarono di nuovo quando vide Ann Marie sulla soglia.

"La colazione è pronta," disse la donna con un sorriso.

"Evviva!!!"

Chad rimase seduto in un silenzio attonito mentre i bambini scendevano dal divano e seguivano Ann Marie in cucina. Riuscivano sentire le loro voci eccitate che chiacchieravano a ruota libera del cibo. Chad si portò una mano alla fronte e se la sfregò quando sentì che un dolore sordo cominciava a farsi sentire più forte.

"Casa gialla... Non è lì che vive Sandy?" chiese Mason, fissando accigliato Chad.

Chad alzò lo sguardo e annuì. "Credo che mia sorella stia per scoprire un segreto che le ho tenuto nascosto," mormorò con un sospiro. "Torno subito. Tu e Ann Marie tenete d'occhio quei bambini."

"Stai andando là?" chiese Mason.

Chad annuì. "Li hai sentiti. Hanno detto che le bambine stavano parlando con la signora sola. Sai di altre case gialle con le imposte bianche nelle vicinanze?"

Mason ci pensò un attimo prima di ridacchiare
sommessamente. Chad scosse la testa. Un sorriso triste gli
curvò le labbra quando pensò alla reazione di Sandy.
Qualcosa gli diceva che sua sorella non l'avrebbe presa bene.
Non appena quel pensiero gli attraversò la mente, sentì
vibrare il cellulare. Dopo averlo cercato a tentoni nella
giacca, infilò una mano nella tasca e lo tirò fuori. Gli sfuggì
una risata burbera.

"Chi è?" chiese Mason.

Chad guardò Mason con un sorriso e si portò il telefono
all'orecchio. "Ciao Sandy," disse. "Sì, so di loro. Sto
arrivando."

# CAPITOLO 12

Jarak si girò su un fianco e gemette. Si spinse in posizione seduta e si strinse la testa dolorante. Qualcuno sarebbe finito arrostito sullo spiedo, poco ma sicuro.

Scosse la testa e gemette di nuovo. Ricadendo sulla paglia dura sotto di lui, decise che muovere la testa non era una mossa intelligente in quel momento. Tenne gli occhi chiusi e respirò con il naso finché la nausea non si calmò.

Odori sconosciuti lo travolsero. Inspirò di nuovo, cercando di analizzare e classificare ciascuno di essi. Cosa diavolo era successo? Se il teletrasporto avesse avuto un malfunzionamento, Jarak si sarebbe aspettato di ritrovarsi ridotto a una massa irriconoscibile, non odoroso di…

"Ma che…?!" Gli occhi di Jarak si aprirono di scatto e la sua testa sobbalzò di lato quando qualcosa di morbido, peloso e caldo gli sfiorò il naso e la bocca.

Rotolò in piedi. Il suo drago si smosse, scrollandosi languidamente di dosso la sonnolenza come se non si fosse accorto che era successo qualcosa di strano. Jarak percepì la curiosità del drago quando si trovarono faccia a faccia con un grosso animale marrone con dei segni bianchi sulla fronte.

Jarak inciampò all'indietro nel recinto claustrofobico, improvvisamente sbilanciato dallo spesso strato di paglia sotto i suoi piedi. Appoggiò una mano a una parete di legno grezzo. Questa volta si trattenne dallo scuotere la testa prima che fosse troppo tardi. Si guardò invece intorno con un crescente senso di allarme.

"Palle di drago, dove sono finito?" mormorò, ancora stordito da quello che era successo.

La grande bestia fece un passo avanti, inchinandosi e scuotendo la testa. Jarak non aveva la sensazione che volesse aggredirlo. E anche in tal caso, non sarebbe stato in grado di fare nulla, visto che il suo drago la stava fissando ammutolito come lui.

"Dove siamo?" chiese al suo drago.

*Non so,* gli rispose lui.

Jarak scorse un cancello alla sua sinistra. Si mosse verso di esso seguendo il legno, cercò il chiavistello e lo sfilò. Dopo essere uscito dal piccolo recinto, chiuse la bestia all'interno. Anche allora, dovette allontanarsi dal cancello quando la bestia sporse la testa oltre il bordo per guardarlo. Si passò una mano tra i folti capelli corti e fece una smorfia quando ne caddero dei pezzi di paglia.

Guardando avanti e indietro, vide una serie di grandi porte di legno marrone all'estremità della struttura. Palesemente, si trovava in un qualche tipo di edificio pensato per ospitare degli animali. Si portò la mano al fianco. Gli sfuggì un'altra imprecazione quando si rese conto di non avere armi con sé. Avrebbe dovuto cavarsela con le proprie mani.

*Forse eravamo in battaglia e siamo morti,* mormorò il suo drago.

*Non siamo in guerra con nessuno,* ricordò Jarak al suo drago.

*Allora non hai bisogno di me,* mormorò il drago.

*Ma...* La replica silenziosa di Jarak gli morì sulle labbra quando una sagoma familiare uscì barcollando da un altro dei piccoli recinti.

"Come sei arrivato qui?" chiese incredulo Jarak quando vide il suo simbionte.

Il grosso simbionte si scrollò e cadde prontamente sul sedere. Gli lanciò un'occhiata stordita. Jarak si fece avanti, preoccupato perché il simbionte non si rialzò subito.

Posato un ginocchio a terra, fece scorrere le mani sulla creatura. Si concentrò per donargli quanto più possibile della sua essenza. Il suo drago si muoveva dentro di lui senza sosta, facendo emergere scaglie scintillanti dalla sua pelle quando si avvicinava alla superficie. Jarak stava mormorando dolcemente al suo simbionte quando la porta si aprì all'improvviso. Lui alzò di scatto la testa e incrociò lo sguardo con un paio di occhi marrone scuro colmi di sgomento. Una bambina umana lo stava fissando a bocca aperta. Lo sguardo della piccola passò da lui al suo simbionte e viceversa. La bimba indietreggiò incespicando, si voltò in fretta e sbatté la porta prima che lui potesse anche solo sbattere le palpebre.

"Dobbiamo fermarla," disse Jarak al suo simbionte.

Il suo simbionte si alzò a fatica e si voltò in direzione della porta. Jarak corse in avanti. La sua spalla colpì la porta e lui rimbalzò indietro di alcuni passi. Con la coda dell'occhio, intravide la bambina che correva attraverso il cortile verso una grande abitazione a due piani. Scattando, Jarak le corse dietro. La bambina scomparve oltre una porta.

Jarak oltrepassò di corsa la prima porta proprio mentre la seconda iniziava a chiudersi. La afferrò e la aprì di scatto. Fece solo tre passi nella stanza prima di bloccarsi davanti al gruppo seduto intorno al tavolo.

"Chi...?" cominciò a dire un maschio molto robusto, alzandosi dal suo posto al tavolo pieno di cibo.

"Mason, c'è un–" disse contemporaneamente la bambina con voce affannata.

Jarak sentì tutto. Sentì anche il suo simbionte quando entrò nella stanza alle sue spalle, ma la sua mente ignorò ogni cosa. Il suo sguardo rimase invece concentrato sul tavolo, o meglio, sui giovani sedutivi intorno.

Tutti, su Valdier, conoscevano i draghetti reali e il cucciolo reale dei sarafin. Era impossibile non riconoscerli. Una sensazione di tristezza cominciò a farsi strada nello stomaco di Jarak, quando lui si guardò attorno e osservò gli umani che lo fissavano. La sua mente si rese conto della dimora sconosciuta in cui si trovava.

"Palle di drago, dove mi trovo?" chiese a bassa voce Jarak, inorridito.

"Chi sei?" chiese il maschio umano.

"È il guerriero drago brontolone di cui la donna solitaria deve innamorarsi per non fargli gelare il cuore," mormorò Jabir mentre mangiava.

"È peggio che essere trasformati in poltiglia," sussurrò Jarak con orrore.

La consapevolezza di non essere su Valdier, ma su un altro mondo, lo colpì duramente. Annotò mentalmente quali draghetti si trovavano lì. Un senso di sollievo lo attraversò quando vide che le gemelle di lord Trelon e lady Cara non facevano parte del gruppo. Aveva sentito abbastanza storie dell'orrore e convissuto abbastanza con la madre da non augurare mai a nessun guerriero la compagnia di quelle famigerate gemelle. Un cipiglio gli aggrottò la fronte, accentuandosi quando notò un'altra cosa: la netta assenza dei Signori Draghi e delle loro compagne.

"Dove sono i vostri genitori?" chiese Jarak.

"Loro sta ancora dormendo," rispose Zohar.

"Su Valdier," aggiunse Roam.

Bálint annuì, infilzando alcuni pancake con la forchetta. "Phoenix ci ha portato attraverso il suo specchio magico," disse.

Lo sguardo di Jarak si spostò sul maschio umano. L'uomo fece un cenno di assenso con la testa. Jarak fece un passo avanti, prese una sedia vuota e vi si sedette.

"Sembra che tu abbia bisogno di un po' di caffè e di cibo," disse la donna matura con un sorriso comprensivo. "Benvenuto sulla Terra."

# CAPITOLO 13

Sandy chiuse di scatto la custodia del cellulare e si mise a camminare avanti e indietro in salotto per altri secondi, prima di fermarsi e trarre un profondo respiro calmante.

"Sto avendo un crollo nervoso, ecco tutto. Ho inalato troppa vernice nell'ultimo anno, o magari ho sbattuto la testa una volta di troppo, qualcosa! Non ho figli del grano alieni seduti sulla mia veranda," mormorò Sandy.

"Cos'è il grano?" chiese Amber.

"È cibo? Se è cibo, io vuole un po'. Sta morendo!" esclamò teatralmente Jade.

"Anch'io ha fame," disse Alice con un sospiro.

"Probabilmente, i maschi sta mangiando tutto," rispose disgustata Spring.

"Anch'io ha fame," ammise Phoenix.

Sandy si voltò lentamente. Le bambine dovevano essere entrate mentre lei era al telefono. La compassione le strinse il cuore quando sentì la disperazione nelle loro vocine. Scuotendo la testa, infilò il cellulare nella tasca dei jeans.

"Anch'io ho una certa fame. Stavo per preparare la colazione; vi va di farmi compagnia?" chiese loro, costringendosi a sorridere.

"Oh, sì," urlarono Amber e Jade.

"Io può aiutarti. La mia mamma mi lascia aiutare quando prepara la colazione. Io può premere il pulsante del replicatore," propose Alice.

Le labbra di Sandy si contrassero. "Io... non ho un replicatore, ma ho un tostapane. Puoi premere il pulsante di quello, se ti va," disse.

"A me piace i toast. Tu ha marmellate da metterci sopra?" chiese Jade.

"Sì, ho delle marmellate," mormorò Sandy, attraversando il soggiorno diretta in cucina.

Phoenix si accasciò all'indietro, osservando gli altri che entravano in cucina. Si guardò attorno incuriosita.

"Cosa c'è che non va, Phoenix?" chiese Spring.

Phoenix scosse la testa. "Io stava solo pensando a quanto è diverso da casa nostra," disse.

Spring si guardò intorno e agitò il naso. "Mi piace di più la nostra casa. È più grande e noi può giocare con gli altri quando vogliamo," disse.

"Io crede di sì," rispose Phoenix.

"Io va a vedere cosa c'è per colazione," gemette Spring, massaggiandosi la pancia. "Sta davvero morendo di fame. So che Amber e Jade si mangerà tutto."

Phoenix ridacchiò e guardò sua sorella mentre quella si voltava e si precipitava in cucina. Lei rimase indietro. Voleva vedere meglio la vecchia casa della loro mamma. Chiuse gli occhi e allargò le mani.

Quella era una cosa nuova, che stava imparando a conoscere. Non ne aveva parlato né a Spring né ai suoi genitori. All'inizio si spaventò quando le immagini comparvero nella sua mente. Le aveva viste anche a casa.

Stava imparando che i luoghi potevano parlare. Non con le parole, come facevano lei e Spring, ma con le immagini. Era come vedere le cose nel suo specchio, solo più piccole. Un sorriso le incurvò le labbra prima di svanire in mezzo alla confusione. Vide la sua mamma, ma c'era un uomo con lei. La sua mamma lo baciava come aveva baciato il loro papà.

Phoenix si accigliò. Sua madre stava ridendo con quell'uomo. Phoenix si voltò quando i due le passarono davanti. La casa era vuota di mobili. Ancora una volta, sua madre era lì con l'uomo. Ridevano e dipingevano le pareti di un colore diverso da quello attuale: un azzurro chiaro, non il bianco sporco.

Phoenix vide la casa cambiare. Sembrava che trascorressero lunghi sprazzi di tempo tra le visite della sua mamma e di quell'uomo, ma i due sembravano sempre felici, finché...

Un brivido attraversò Phoenix e lei ebbe paura. Fuori pioveva e qualcuno piangeva. C'erano pezzi di vetro rotto sul pavimento ed era buio. Phoenix sentì il suo corpo trasformarsi nella forma di drago. Era più facile vedere nell'oscurità.

"Perché?!" gridò una voce tormentata. "Perché?!"

Phoenix si rannicchiò dietro il divano quando un altro schianto riecheggiò nella stanza e una donna urlò di dolore. Phoenix sbirciò da dietro il divano. Un lampo illuminò brevemente la stanza. La donna era seduta in un angolo vicino al camino. I corti capelli biondi ricadevano in avanti, nascondendo il viso. La donna teneva qualcosa premuto contro il petto e singhiozzava in modo incontrollato. C'era qualcosa di dolorosamente familiare in lei.

Phoenix uscì da dietro il divano proprio quando la mano della donna si allungò a prendere una specie di dispositivo metallico sul pavimento accanto a lei. Una paura che Phoenix non aveva mai conosciuto prima la attraversò quando la donna si portò l'oggetto alla tempia.

Phoenix avanzò di corsa, poi si bloccò quando un altro fulmine illuminò la stanza. La donna si fermò e guardò Phoenix con occhi dallo sguardo tormentato. Phoenix si avvicinò di un passo, attirata dal dolore della donna.

"Cosa...? Chi sei?" chiese la donna con voce tremante, greve e roca per il pianto.

Phoenix si alzò quando riconobbe la donna. Il suo cuore si sciolse e lei capì che i suoi occhi erano tornati al loro familiare marrone profondo. Riassumendo la forma a due zampe, guardò la donna.

"Mamma..." sussurrò Phoenix, allungando la mano per toccarla.

"Phoenix... Phoenix..." la chiamò sua sorella.

Phoenix sbatté le palpebre e lasciò ricadere le mani lungo i fianchi. Fissò l'angolo fortemente illuminato. Ci volle un attimo per capire che qualcuno la stava scuotendo.

"Eccomi," disse Phoenix, sbattendo di nuovo le palpebre e voltandosi a guardare sua sorella.

"La colazione è quasi pronta," disse Spring.

# CAPITOLO 14

"Noi deve andare a casa," sussurrò Phoenix, afferrando la mano di sua sorella.

"E gli altri?" disse Spring, dando un'occhiata alla cucina dove Alice, Amber e Jade stavano ridacchiando e parlando.

"Solo per un po'. Noi tornerà a prenderli," disse Phoenix.

"Ma… Se lo dici tu. Noi può portare Harvey e Pezzettino?" chiese Spring con voce preoccupata.

"Sì. Amber e Jade ha i loro simbionti e Symba. Noi non resterà via a lungo," promise Phoenix.

"Va bene, ma io spera che noi può mangiare prima di tornare," si lamentò Spring.

"Mangerà. Io promette," mormorò Phoenix.

Jarak si accigliò e si guardò alle spalle. I quattro bambini stavano facendo la lotta e strillando sul sedile posteriore.

Non aiutava il fatto che il suo simbionte si sporgeva a leccarli dal finestrino posteriore del furgone. Si girò di nuovo verso il parabrezza e afferrò il bracciolo.

"Presumo che anche le altre due creature dorate siano ancora là dietro," ribatté in tono secco Mason.

"Sì. Quanto dista la dimora di questa femmina umana?" chiese Jarak.

"Non molto," ridacchiò Mason. "Allora, dimmi di nuovo cosa ti ricordi del modo in cui sei arrivato qui."

"Te l'ho detto: mi stavo teletrasportando a Valdier per prepararmi a un incontro con lord Trelon quando c'è stato un malfunzionamento. Mi sono svegliato nell'edificio dietro casa vostra con una bestia in faccia. Il mio simbionte non avrebbe dovuto essere lì. L'avevo lasciato sulla *V'ager*," brontolò Jarak.

"Il teletrasporto deve aver avuto un bel guasto," rispose Mason con un basso fischio.

"Che avrebbe dovuto essere impossibile," grugnì Jarak in risposta. Si concentrò invece sul modo in cui, palle di drago, sarebbe tornato a casa. Cercò di ricordare per quando fosse previsto l'arrivo della nave da guerra successiva, ma la sua mente era vuota. Si strofinò la tempia per cercare di alleviare il dolore.

"È un bene che questo sia un tratto di strada abbastanza deserto, altrimenti avrei avuto un bel daffare a cercare di spiegare quello che ho nel retro del furgone," mormorò Mason.

Jarak lanciò di nuovo un'occhiata al sedile. Le sue labbra si contorsero per un'ondata di ilarità a lui sconosciuta. Il suo simbionte aveva assunto una forma bizzarra: grandi orecchie flosce pendevano verso il basso e aveva una lunga lingua che usciva dal lato della bocca. I giovani principi gli passavano le mani sulla testa.

Un'occhiata allo specchio gli mostrò un altro simbionte con la testa penzoloni e le labbra al vento. Forse, combinando le forze dei tre simbionti, sarebbe riuscito a tornare a casa. Jarak spuntò mentalmente quell'idea dalla lista. Anche se fosse stato possibile, non poteva lasciare i giovani reali soli e senza protezione su quel mondo, e trovarsi rinchiuso con nove piccoli per più di qualche minuto lo avrebbe indotto a espellersi da solo nello spazio. Sospirò in preda alla frustrazione.

"Siete pronti a dirmi come siete arrivati su questo mondo?" chiese Jarak, rigirandosi sul sedile.

"Noi ha detto come è arrivati qui! Phoenix ha aperto il suo specchio e noi ci è saltati dentro," disse Zohar.

"Le sue piume è diventate di colori molto belli," rispose Jabir con un sorriso.

Roam annuì. "E si vedeva le stelle nei suoi occhi," aggiunse.

Jarak scosse la testa. I piccoli! Avevano un'immaginazione molto fervida.

"Eccoci," disse Mason, svoltando in un lungo vialetto di ghiaia.

Jarak si irrigidì quando sentì il suo drago agitarsi dentro di lui. La sua altra metà era completamente sveglia e scrutava con frenesia l'ambiente circostante. Alzando il braccio, ordinò al suo simbionte di connettersi con lui. Un flusso d'oro fluì dalla creatura al suo braccio, creando una spessa fascia intorno a esso.

Anche il suo simbionte era nervoso. Lo sguardo di Jarak si restrinse sull'uomo seduto accanto a lui. Il maschio umano non sembrava minaccioso, eppure il suo simbionte e il suo drago stavano entrambi reagendo come se ci fosse qualcosa di pericoloso nei paraggi.

Il suo primo dovere era proteggere i principi. I loro simbionti avrebbero reagito a qualsiasi minaccia e li avrebbero portati al sicuro, ma era possibile che lui fosse costretto a lottare per dare loro il tempo di fuggire.

*State pronti,* ordinò al suo drago e al suo simbionte.

*Sento qualcosa,* ringhiò il suo drago.

*Cosa?* chiese Jarak, lo sguardo al di là del finestrino, verso il fitto bosco che stavano attraversando.

*Non lo so. Una cosa diversa, strana,* rispose il suo drago.

Jarak imprecò mentalmente quando sentì le scaglie increspargli la pelle. Prima di venire sulla Terra, non aveva mai perso il controllo del suo drago. In effetti, molti guerrieri sospettavano che lo tenesse in gabbia. Sapevano bene che non era il caso di sfidarlo a farlo uscire. Erano bastate poche sessioni in sala d'addestramento con gli altri guerrieri perché le sue doti strategiche, velocità e ferocia gli facessero guadagnare una certa reputazione. Era uno dei motivi per cui era il capo della sicurezza.

Più avanti, tra gli alberi, si intravedeva una radura. La strada curvava verso l'alto e da sopra spuntava una piccola casa gialla con le imposte bianche. Dalla sua posizione, Jarak non riusciva a scorgere alcuna minaccia, ma la visibilità oltre la linea degli alberi era molto ridotta e, ovviamente, potevano esserci dei nemici all'interno della casa. Avrebbe voluto intimare al suo drago di calmarsi e di concentrarsi per aiutarlo a definire una strategia per l'attacco imminente, ma un senso di sventura lo pervase.

*Non credo che sia minaccia...* dichiarò incerto il suo drago con un brivido di attesa.

*E allora che cos'è?* Jarak sbuffò per la frustrazione, non sicuro di essere d'accordo con il suo drago. Il furgone era troppo lento.

Il suo drago non rispose, ma si limitò a osservare la casetta con un'intensità incrollabile.

Mason fece il giro del vialetto curvo anteriore e arrestò la marcia. Tutti e tre i simbionti uscirono dal retro prima ancora che l'umano spegnesse il motore. I bambini sul sedile posteriore strillarono e si dimenarono per liberarsi dalle cinture che Mason aveva messo intorno a loro, per sgusciare fuori. Jarak si affrettò a scendere dal veicolo. Le sue labbra si schiusero per ammonire i giovani principi a tenersi dietro di lui mentre lo oltrepassavano di corsa, ma non emise alcun suono. Il suo sguardo si fissò invece sulla donna che stava uscendo dalla casa.

Non era molto alta. I capelli castano chiaro le ricadevano sciolti lungo la schiena. Indossava un paio di pantaloni blu scuro come quelli del maschio, un top bianco e un maglione giallo dello stesso colore della casa. Un gemito strozzato gli sfuggì quando sentì il suo drago slanciarsi in avanti, mandando in frantumi il suo fragile controllo in un batter d'occhio.

*Mia!* ruggì il suo drago.

Il suo simbionte gli passò davanti mentre si trasformava. In sottofondo, riusciva a sentire le urla degli uomini e gli strilli dei piccoli. La sua vista si restrinse finché non riuscì a vedere solo la femmina. Era sua e nessuno li avrebbe separati.

*A cuccia,* ordinò Jarak, cercando di tenere a freno il suo drago.

*Mia compagna,* ringhiò il drago, artigliando il suolo.

*A cuccia. Non puoi prenderla. È un'umana!* ordinò Jarak.

*Mia.*

Jarak vide i giovani circondare la femmina. La paura di fare del male a coloro che aveva giurato di proteggere rischiò di soffocarlo. Il suo simbionte camminava avanti e indietro davanti a loro, separato dalla donna dai simbionti dei Signori Draghi. Questi erano più grandi e potenti di quello di Jarak, nonché in superiorità numerica.

Jarak sentiva un bisogno disperato risuonare attraverso la spessa fascia dorata che circondava la zampa anteriore del suo drago. Il suo simbionte temeva che la femmina lo rifiutasse. Ogni volta che cercava di estroflettere una fascia per avvolgerla, gli altri simbionti lo bloccavano.

Il drago di Jarak avanzò a passi lenti e misurati, osservando gli altri simbionti. La sua coda guizzò nell'aria, schioccando più veloce del suono e provocando un tuono lacerante che fece tremare il terreno. Gli sfuggì un ringhio minaccioso e i suoi artigli scavarono nello spesso letto di ghiaia del viale.

"Che diavolo gli è preso?" chiese Mason, indietreggiando verso la casa.

Jarak si voltò e fece scattare i denti nella direzione dell'uomo in piedi di fronte alla donna, la sua donna, la sua... vera compagna. La consapevolezza lo colpì duramente, facendolo indietreggiare. Per un breve momento, pensò che ciò gli avrebbe dato la possibilità di riprendere il controllo del suo drago.

*A cuccia,* ringhiò Jarak. *A cuccia.*

L'esile filo di controllo che stava lentamente acquisendo si dissolse quando la donna fece un passo avanti e posò la mano sulla spalla dell'uomo di fronte a lei. Una nebbia rossa lo investì e Jarak sentì il suo lato primitivo prendere il controllo.

Gli eventi successivi si svolsero in maniera molto confusa per Jarak. Sentì il suo drago balzare in avanti nello stesso momento in cui lo fece il suo simbionte. I simbionti dei Signori Draghi contrattaccarono. Il simbionte di lord Mandra si espanse, avvolgendo quello di Jarak e bloccandolo nella sua possente stretta, mentre i simbionti di lord Zoran e lord Kelan si precipitavano verso di lui. Il drago di Jarak andò a sbattere contro le barre d'oro che si formarono intorno a lui. I suoi artigli grattarono nel tentativo di scavare un cunicolo, ma la gabbia lo circondava completamente su tutti i lati. Afferrando le sbarre con le sue potenti mascelle, la morse. Una scarica di energia lo colpì, facendolo indietreggiare.

Il suo sguardo si diresse verso la facciata della casa. Il simbionte di lord Trelon si stagliava di fronte al gruppo attonito, ringhiando minaccioso mentre proteggeva sia gli umani che i reali. Uno scudo d'oro si formò quando Jarak esalò un sottile flusso di fuoco draconico contro il maschio umano che la donna aveva toccato.

In quel momento, Jarak capì di aver superato il punto di non ritorno. Aveva perso completamente il controllo del suo drago, cosa che nessun guerriero poteva permettersi di fare. Fin da piccoli, ai guerrieri venivano raccontate storie educative sugli orrori che potevano accadere quando un guerriero drago perdeva il controllo. Ma nonostante quella consapevolezza, il suo drago si rifiutava di calmarsi.

Mentre il suo drago si scagliava di nuovo contro le sbarre, Jarak fu grato quando i simbionti gli trasmisero una scossa abbastanza forte da fargli vacillare il cuore. Alla quinta scarica, le sue zampe cedettero. Ci volle quasi un'altra dozzina di scosse prima che fosse troppo debole per continuare a combattere.

# CAPITOLO 15

"Noi va. Deve trovare papi," disse Phoenix, correndo attraverso il giardino nella direzione del palazzo.

Entrambe le bambine assunsero la forma di drago per correre più veloce. Harvey percepì la loro fretta e le sollevò da terra. I loro strilli di gioia attirarono l'attenzione di alcune guardie, che ridacchiarono.

In pochi minuti, le due bambine attraversarono le porte del balcone per entrare nel soggiorno. Entrambe scivolarono giù da Harvey quando questi si sdraiò sul tappeto. Phoenix afferrò la mano di Spring e la trascinò lungo il corridoio fino alla stanza dei loro genitori.

Spingendo la porta, si diressero silenziosamente verso l'enorme letto. Pezzettino e Stardust lo raggiunsero prima di loro e formarono due scalette. Entrambe le bambine salirono i gradini e si tuffarono. Phoenix sussultò quando le forti mani di suo padre la avvolsero all'improvviso e la tennero in aria sopra di lui.

"Ti ho beccato," ridacchiò Creon con un sorriso scherzoso.

"Papi!" gridò Spring, gattonando tra lui e Phoenix per adagiarsi sul suo petto. "Ho fame."

"Che ore sono?" mormorò Carmen, girandosi su un fianco.

"Il sole è alto," dichiarò Spring.

Carmen si allungò e aiutò Creon a calare Phoenix sul letto con loro. Avvolse un braccio attorno a Phoenix e le diede un bacio sulla fronte. Si accigliò quando vide che entrambe le bambine erano vestite.

"Da quanto tempo siete sveglie?" chiese Carmen, sollevandosi per poterle guardare meglio. "Siete state fuori?"

"Harvey era con noi," disse Spring. "Io stava morendo di fame! Gli altri stava mangiando, ma Phoenix ha detto che noi doveva andare."

"Gli altri?" chiese Creon con un cipiglio che gli aggrottava la fronte.

"Voi bambine andate in salotto. Lasciate che io e papà ci vestiamo e potrete raccontarci cosa avete fatto mentre io preparo la colazione," ordinò Carmen.

"Pancake? Sandy stava preparando i pancake," chiese Spring con un sorriso speranzoso.

"Sandy… Sì, preparerò dei pancake," acconsentì Carmen, scambiando uno sguardo perplesso con Creon.

"Rimanete in salotto con Harvey," ordinò Creon.

"Okay," rispose Spring.

Phoenix guardò sua sorella che si allontanava dal padre e si spostava verso il fondo del letto. Alzò lo sguardo verso la mamma e alzò una mano per toccarle la guancia. Un sorriso dolce e triste le sfiorò le labbra.

"Cosa c'è, tesoro?" chiese Carmen, scostando i capelli di Phoenix dal viso.

"Ti vuole bene, mamma," disse Phoenix, sedendosi per avvolgere le braccia intorno al collo della mamma. "Sono felice che tu non ti sei fatta male, altrimenti io e Spring non sarebbe qui e papà sarebbe triste."

"Cosa?" Carmen sussurrò, tirandosi indietro per fissare Phoenix negli occhi. "Cosa vuoi dire, tesoro? Io non ho..."

"Tu stava piangendo e c'era un fulmine e le lampade era rotte su tutto il pavimento della casetta gialla, ma tu ha smesso quando mi ha visto. Sono felice che tu mi ha visto," disse Phoenix. "Io voleva dirti che ti vuole tantissimo bene, per sempre. Anche Spring e papà."

Phoenix si avvicinò e passò un piccolo dito lungo la guancia di Carmen, catturando la lacrima che le era sfuggita. Sporgendosi in avanti, premette un bacio sulla guancia pallida di sua madre prima di scivolare via dalle sue braccia e spostarsi sul letto. Era per quello che era dovuta tornare: per assicurarsi che la sua mamma sapesse quanto era amata.

"Io vuole quattro pancake," annunciò Phoenix, che ora si sentiva meglio.

"Io cinque," disse Spring ridendo. "E le uova! Io vuole le uova!"

"Cosa c'è che non va?" chiese preoccupato Creon, attirando Carmen tra le braccia quando un brivido le attraversò il corpo.

"Era reale," sussurrò Carmen, fissando la porta della loro camera da letto da cui Phoenix e Spring erano appena scomparsi. "Io… Oh, Dio, Creon… Lei era reale!"

Le braccia di Creon le si strinsero intorno. Carmen gli appoggiò il viso sul collo e lanciò un grido strozzato e pieno di dolore. La sensazione di calore delle mani dell'uomo che le sfregavano la schiena nuda la tranquillizzò. Le ci vollero alcuni lunghi momenti per riuscire a controllare le sue emozioni.

"Raccontami tutto," mormorò Creon, infilandole le dita tra i capelli.

Carmen scosse la testa. Non poteva raccontargli di quella terribile notte dopo l'omicidio di Scott e la perdita del loro bambino, la notte in cui era arrivata a un passo dal porre fine alla propria vita con le sue stesse mani. In seguito, si era concentrata sulla ricerca di Cuello, l'uomo responsabile.

Facendo scorrere la mano fino alla fascia d'oro che gli avvolgeva l'avambraccio, si collegò mentalmente con essa. Non poteva parlare di quel momento, ma glielo avrebbe mostrato. Lui meritava di sapere quanto era stata vicina a negare loro la felicità che ora condividevano.

"Non sei stata egoista, Carmen," disse Creon con dolcezza.

"Pensavo fosse un sogno," disse Carmen con voce appena udibile.

"Lo è. E anche Spring lo è," rispose Creon, inclinando il mento di Carmen in modo che lo guardasse. "E tu sei la compagna dei *miei* sogni, Carmen."

Carmen gli avvolse le braccia intorno al collo e lo strinse il più forte possibile. Esalò un respiro tremante. Non sapeva come o perché Phoenix fosse quello che era, ma era grata di avere due figlie come lei e Spring.

"Ti amo, Creon," sussurrò Carmen, tirandosi indietro e sfiorando con un bacio le labbra dell'uomo.

"Mamma, noi muore di fameeee!" si lamentò pietosamente Spring dal soggiorno.

Creon e Carmen si allontanarono nello stesso momento l'uno dall'altra con una risata. Lei si passò una mano sulla guancia, asciugandosi le lacrime, poi prese la vestaglia e la indossò.

"Devi parlare con Harvey," disse nello stesso momento in cui Creon decise: "Devo parlare con Harvey."

Ridacchiarono insieme.

"Mamma!" chiamò Phoenix.

"Dopo colazione," esclamarono entrambi scuotendo la testa.

# CAPITOLO 16

Poco dopo, si sedettero a fare colazione in cucina. Phoenix arrotolò il suo pancake e lo immerse nello sciroppo sul piatto prima di dare un grosso morso. Guardò suo padre dall'altra parte del tavolo che masticava e deglutiva. Se c'era qualcuno che poteva aiutarli, era lui.

"Tu aiuterà noi a trovare il guerriero drago oggi?" chiese Phoenix.

"Quale guerriero drago?" chiese accigliato Creon.

"Il guerriero drago che non sa amare," disse Spring, mordendosi il labbro e guardando suo padre con occhi pieni di speranza.

"Il guerriero drago che..." ripeté Creon, lanciando un'occhiata a Carmen, che soffocò una risatina.

"... dobbiamo trovare, così potrà curare il cuore di Sandy e Sandy potrà scaldare il suo," spiegò Phoenix in tono leggermente disperato.

"E noi può mostrargli come amare, così che lui possa amare lei," disse Spring con un cenno del capo. "Noi draghetti è bravi a mostrare come ci si ama."

Phoenix e Spring guardarono con ansia il loro padre. Creon era seduto con la forchetta sospesa a mezz'aria, a metà strada per la bocca. La sua bocca era aperta, ma non diceva nulla. La mamma lo fissava con gli occhi spalancati e un sorriso.

Entrambe aspettarono con pazienza finché Creon non posò la forchetta sul piatto. Phoenix lo guardò con occhi imploranti. Si morse il labbro prima di guardare sua madre.

"Arilla e Arosa ha detto che voi poteva aiutarci. Stamattina noi ha trovato la signora sola. Si chiama Sandy. È molto gentile," disse Phoenix.

Spring annuì. "Stava preparando la colazione per le altre bambine. Anche noi stava per mangiare, ma Phoenix ha detto che noi doveva tornare a casa attraverso lo specchio. Non può restare a lungo perché gli altri è ancora lì."

"Ti prego, papà. Arilla e Arosa ha detto che tu poteva venire con noi," supplicò Phoenix.

"Arilla e Arosa," sussurrò Carmen, portandosi la mano alla gola.

"Lo specchio... Dove siete andate stamattina?" chiese Creon in tono severo, con lo sguardo rabbuiato dalla preoccupazione.

"Phoenix, cosa... Quando hai parlato con le dee?" chiese Carmen.

Phoenix spostò lo sguardo tra i suoi genitori. I suoi occhi si scurirono fino a diventare rosa, riflettendo il suo stato d'animo. Guardò la mamma che si avvicinava per mettersi accanto al papà.

"Ieri sera," ammise Phoenix. "Dopo che tu e papi è usciti. Loro aveva ascoltato la tua storia e ha detto che la donna sola vive nella casa gialla con le persiane bianche nel mondo di mamma."

"La casa gialla con le…" mormorò Carmen, stringendo le mani sulla spalla di Creon. "Ma la storia parlava di…"

"Lo so," mormorò Creon, posando la mano sulla sua. "A… Phoenix, Arilla ti ha detto il nome del guerriero drago?"

Phoenix scosse la testa. "No, solo che loro ci avrebbe aiutato a trovarlo. Ha detto che anche tu può aiutarci. Tu lo farà, papi? Noi non vuole che il cuore di Sandy si spezzi," implorò Phoenix.

Creon assentì. "Sì, sì, vi aiuterò," disse.

Phoenix scivolò dalla sedia e si affrettò a girare intorno al tavolo per abbracciare suo padre. "Evviva! Oh, tu è il miglior papi del mondo!" disse ridendo.

Spring annuì in segno di assenso. "Noi ha lasciato gli altri nel mondo della mamma. I maschi è andati a cercare cibo nella foresta. Sandy ci stava preparando la colazione dopo aver parlato con suo fratello," spiegò entusiasta.

Phoenix ridacchiò e annuì. "Noi può andare là dopo colazione," accettò, tornando alla sua sedia e prendendo la forchetta per finire in fretta la colazione.

Carmen guardò Phoenix e Spring trasformarsi nelle loro forme di drago e dirigersi lungo il corridoio del palazzo. I membri del personale sorridevano e salutavano le bambine, che regalavano sempre un sorriso a chiunque incrociassero. L'innocenza, la gioia e l'amore in ogni loro gesto le scaldavano il cuore, anche se era preoccupata per loro.

Lanciò un'occhiata a Creon quando sentì la mano dell'uomo avvolgere la sua. La strinse, sapendo che lui provava i suoi stessi sentimenti. Non avevano avuto un momento di intimità per parlare di ciò che era accaduto poco prima a colazione. Una parte di lei lo desiderava, mentre un'altra era terrorizzata al pensiero di ciò che era successo e di tutti i possibili pericoli.

"Noi... Io e Scott avevamo dipinto la nostra casa di giallo con le persiane bianche," disse, fissando il corridoio. "La casa era piccola. Sorgeva su un terreno di cinque acri con un lungo prato e un viale tortuoso che portava alla casa. Il cortile non era molto grande e confinava con la foresta. La casa più vicina era il ranch di Paul."

"Carmen..." cominciò Creon. La fece fermare e la voltò in modo che lei lo fronteggiasse.

"Sono preoccupata per quello che succederà a Phoenix, Creon. Quello che ha detto stamattina quando ci hanno svegliati... I suoi specchi, le dee che le parlavano," sussurrò Carmen scuotendo la testa. "La paura costante che possano portarcela via mi fa impazzire."

La mano di Creon scivolò lungo la mascella di Carmen e la attirò contro di sé. Carmen poteva sentire la tensione in lui. Lo avvolse tra le braccia e lo strinse a sé il più possibile.

"Nessuno di noi sa cosa ci riserverà il futuro," le ricordò Creon, massaggiandole la schiena. "Possiamo solo abbracciare pienamente ogni giorno. Inoltre, le bambine capiranno che siamo preoccupati se non abbiamo fiducia nella nostra capacità di tenerle al sicuro."

Carmen annuì e inclinò la testa all'indietro per guardarlo. "Sono giunta alla conclusione che non dovremmo raccontare altre storie finché non saranno più grandi. Le prendono troppo alla lettera."

Creon ridacchiò. "Almeno non hai dovuto passare attraverso le loro trappole," la prese in giro. "Devo ammettere che ho trovato rinvigorenti queste vacanze. Non sappiamo mai cosa si inventeranno le piccole e da quando sono nate loro, la mia vita è più entusiasmante e interessante che mai."

"Se pensi che questo sia entusiasmante, aspetta che siano adolescenti e inizino a notare i ragazzi," ribatté Carmen, lanciando un'occhiata al corridoio. "Ci hanno lasciati indietro. Spero che non siano andate…"

"Harvey è con loro," la rassicurò Creon con un barlume di divertimento.

"Non hai idea di quanto siamo fortunati ad avere un simbionte," rispose Carmen prima di fermarsi a guardarlo. "Grazie."

"Non avere mai paura di condividere le tue paure, Carmen," mormorò Creon, portandosi la sua mano alle labbra e baciandone il dorso. "Affronteremo il futuro insieme."

"Se gli altri non ci uccidono per aver perso i loro figli!" mormorò Carmen, voltandosi quando vide Vox precipitarsi nel corridoio con Kelan, Mandra, Zoran e Trelon alle calcagna.

"Io mi occupo degli uomini; tu informa le donne," disse Creon con un'espressione cupa.

# CAPITOLO 17

"Devo solo ringraziare le dee che questa volta non è colpa di Amber e Jade," commentò Cara con un gesto della mano prima di gemere e strofinarsi la pancia. "Questo è l'ultimo, a meno che gli altri non se li porti dentro Trelon."

"Credo che sarebbe un'impresa ardua anche per Amber e Jade," rispose seccamente Ariel.

"Ma... la Terra! Voglio dire... com'è possibile?" chiese Trisha con uno sguardo preoccupato.

"Pensi che siano al sicuro?" chiese Emma in tono ansioso.

Carmen si voltò e guardò il gruppo di donne sedute nel salotto di Morian. Avevano deciso che, dato che sembrava che fossero coinvolte le dee, rivolgersi a Morian poteva risultare la decisione più saggia. Carmen trasse un respiro profondo e lo rilasciò.

Morian parlò prima che potesse farlo Carmen. "Phoenix è molto speciale, e Arilla e Arosa sanno cosa stanno facendo...

spero. Non ho dubbi che Phoenix non avrebbe mai aperto il portale se non avesse potuto farlo di nuovo."

Gli uomini entrarono, con espressioni che andavano dal divertito al perplesso fino all'esasperazione. Carmen decise di concentrarsi sui due volti che poteva affrontare: quello di Paul e quello di Creon.

"Cosa c'è che non va?" chiese Carmen.

Creon passò uno sguardo accigliato sulla stanza. "Dove sono le bambine?" chiese.

"Nella stanza dei giochi," rispose Morian, toccando l'oro che portava al collo. "Stanno preparando i biglietti di San Valentino per il guerriero drago."

"San Valentino… Okay, prima di tutto: niente più storie," ringhiò Zoran con un secco gesto della mano.

"Zoran," disse Abby con un lieve tono di rimprovero.

"Sono d'accordo con Zoran. Ogni volta che si racconta una storia, i bambini combinano qualche guaio," difese Trelon.

"Oh no, non è vero," mormorò Cara, agitando un dito verso Trelon. "Anche voi vi siete divertiti con loro. Ricordo l'entusiasmo con cui avete cercato le uova di Pasqua."

"Cara ha ragione, Trelon," concordò Ha'ven.

"Per non parlare del fatto che avevate piazzato un dispositivo di localizzazione addosso a Cara, in modo che tutti voi poteste scendere di nascosto per scoprire cosa stavamo facendo," aggiunse Trisha.

Mandra annuì. "Anche lei ha ragione, Trelon," disse sorridendo.

"E chi ha perso i bambini mentre facevamo shopping ed è finito a divertirsi nella casa stregata?" disse Riley, cullando Sacha tra le braccia.

Vox si voltò e indicò Ha'ven. "Darò la colpa ad Alice, così Trelon non dovrà prendersi tutta la responsabilità," disse ridacchiando.

"Ammettetelo: vi state divertendo molto di più in queste avventure che a rincorrervi nella sala di addestramento," osservò Ariel.

"E se pensate che adesso sia terribile, aspettate che siano adolescenti!" aggiunse Riley con un sorriso. "Questo non è niente!"

"A ogni modo, dobbiamo riportare a casa i bambini. Dalle informazioni che Creon ha condiviso, sembra che abbiano conosciuto la sorella di Chad, Sandy. Se Sandy ha chiamato suo fratello, saranno al sicuro. Bálint ha Bio e Bio sa dove si trova il ranch," dichiarò Paul.

"Finché i bambini avranno con loro i simbionti, saranno protetti," assicurò Morian al gruppo preoccupato.

"Ora dobbiamo solo capire chi è il guerriero drago," commentò Abby.

Carmen vide un'espressione pensierosa sul volto di Trelon. L'uomo estrasse il comunicatore, scosse la testa, fece per riporlo, lo tirò fuori di nuovo e infine sospirò scuotendo di nuovo la testa, tenendo il dispositivo in mano, ma senza usarlo. Carmen lanciò un'occhiata a Cara, che scrollò le spalle in risposta alla sua domanda silenziosa.

"Cosa sta succedendo Trelon?" chiese Cara.

Trelon guardò il gruppo con un'espressione incerta. "Probabilmente non c'entra nulla… ma questa mattina presto c'è stato un malfunzionamento del teletrasporto a bordo della *V'ager*," disse.

"Non accadevano malfunzionamenti del teletrasporto da oltre un secolo!" esclamò accigliato Mandra.

"La *V'ager* ha il sistema più avanzato della flotta," disse Kelan.

Trelon lanciò a suo fratello uno sguardo esasperato. "Lo so: sono io che ho dovuto ricostruirlo dopo averlo fatto a pezzi. È impossibile che abbia mal funzionato. Ho verificato io stesso dopo aver ricevuto il rapporto di stamattina. Era in condizioni perfette. Tutti i registri mostrano che ogni cosa operava correttamente, eppure il guerriero non è mai apparso," spiegò Trelon.

"Chi era?" chiese Zoran.

Trelon si passò una mano sulla nuca. "Jarak, il capo della sicurezza," rispose.

"Quel cretino irascibile che mi aveva sbattuto in cella?" domandò Cara.

"Sì," rispose Trelon.

"Accidenti! Il karma esiste!" aggiunse Cara con un sorriso.

Morian toccò il simbionte dorato che aveva intorno alla gola, cercando il simbionte di Jarak nel labirinto di connessioni tra le creature, e sorrise. "Credo che abbiamo trovato il guerriero drago di cui parlavano i piccoli.".

Il gruppo di adulti si voltò quando Spring e Phoenix entrarono nella stanza con Harvey, Pezzettino e Stardust al seguito. Entrambe le bambine avevano una spolverata di scintille rosse e dorate sul viso e sui vestiti. Tra le mani, ognuna di loro stringeva un grande cuore con altre scintille.

"Noi ha finito di fare i biglietti di San Valentino. Tu è pronto ad aiutarci, papà?" chiese Spring, fermandosi.

~

"Cosa?" chiese di nuovo Sandy, sentendosi come se il suo cervello si fosse preso una vacanza.

"Sono alieni," disse Chad, passandosi le mani sul viso mentre osservava il gruppo di bambini riuniti intorno alla gabbia che conteneva un drago molto contrariato.

"Draghi... e un cucciolo di tigre," disse Sandy, dondolandosi sulla sedia e battendo il piede. "Ti aspetti davvero che io creda a..."

La sua voce si affievolì quando ricordò le piume e le squame delle due bambine. Girò la testa nella direzione dei suoni prodotti dai bambini. Stavano parlando tutti insieme, ma anche da quella distanza lei riuscì a distinguere le loro parole.

"Tu deve aprire il tuo cuore."

"Si sente sola."

"Deve imparare a conoscere San Valentino."

"Sì, la zia Carmen dice che è quando si condivide l'amore."

"Io ha di nuovo fame."

Le labbra di Sandy ebbero un guizzo all'ultimo commento. Il gruppetto si era allargato, ma mancavano ancora due voci. Un'espressione corrucciata le aggrottò la fronte e inclinò la testa.

"Non sento Phoenix e Spring," mormorò. "Chad, c'erano altre due bambine. Non sento le loro voci."

"Altre due…" disse Mason, dando un'occhiata al gruppo. "Ne conto sette."

"C'erano due bambine, due sorelle. Sono gemelle, ma una è diversa dall'altra. Non so che aspetto avessero…" Sandy fece una pausa e scosse la testa per le parole ridicole che stavano per uscire dalla sua bocca. "… in forma umanoide, ma una aveva il corpo ricoperto di piume e l'altra no."

"Non ho visto…" La voce di Chad si affievolì e lui si alzò dalla sedia.

"Ma che diavolo?" mormorò Mason, scuotendo la testa mentre si alzava.

"Cosa c'è?" chiese Sandy frustrata.

"Credo che abbiamo appena trovato i tuoi cuccioli di drago scomparsi, e non solo," mormorò Chad, la cui voce era colma di una combinazione di stupore e riserva.

"Grazie al cielo. Non vorrei che gli accadesse qualcosa. Non mi importa se sono alieni o meno: sono pur sempre delle bambine," disse Sandy, alzandosi e avvicinandosi agli uomini.

"Che mi venga un colpo!" esclamò Mason quando il gruppo di grandi draghi tornò lentamente alla forma a due zampe.

"Paul!" mormorò sconvolto Chad.

"Paul… Paul Grove? Pensavo che si fosse trasferito all'estero o qualcosa del genere dopo la scomparsa di Trisha," disse confusa Sandy.

"È andato su un altro pianeta," mormorò Chad, scendendo le scale.

Sandy ringhiò sommessamente per la frustrazione. Tornando alla sua sedia a dondolo, cercò il bastone. La sua bella e tranquilla mattinata passata a raccogliere fiori, a lavorare a maglia e a brontolare con Coco si era trasformata nell'Area 51. Spazzando avanti e indietro con il bastone, seguì lentamente suo fratello e Mason giù per i gradini per salutare i suoi nuovi ospiti.

# CAPITOLO 18

"Chad! Mason!" salutò Paul sopra il frastuono dei bambini che parlavano tutti insieme.

"Quando i bambini hanno detto di essere passati attraverso uno specchio, ho dubitato seriamente della loro storia, ma…" Mason agitò la mano verso la zona in cui gli alieni erano appena comparsi.

Paul sorrise e diede una pacca sulla spalla a Mason. "Lo so, è piuttosto incredibile," ammise.

"Che cosa è successo?" chiese uno degli uomini.

Chad lanciò un'occhiata alla gabbia a cui l'uomo aveva fatto cenno. Il suo sguardo tornò all'individuo massiccio di fronte a lui. Vestito completamente di nero, l'uomo aveva muscoli su muscoli. Diavolo, ce li avevano tutti, compreso Paul!

"Mason probabilmente può dirvi più di quanto possa fare io. So solo che è sceso dal camion e ha dato di matto. Quegli affari d'oro hanno immobilizzato l'altro affare d'oro a terra mentre quei due formavano una gabbia intorno al drago.

Ogni volta che si agita, gli danno una scossa e lui si calma," disse Chad con un'alzata di spalle.

Mason annuì. "Si è presentato qualche ora fa. Ha spaventato a morte Kaitlyn, la ragazza che ha sostituito Samara. Comunque, è arrivato e si è fiondato in casa mentre facevamo colazione. Ha riconosciuto i bambini, per fortuna. Ha detto di chiamarsi Jarak e di essere il capo della sicurezza di una cosa chiamata *V'ager*. Secondo lui, un attimo prima si trovava su quella nave, qualcuno ha attivato il teletrasporto e l'attimo dopo si è svegliato nella stalla. Naturalmente, ho capito subito che era un alieno: ho già conosciuto Kelan e alcuni degli altri ragazzi. Sandy ha telefonato per dire a Chad dei bambini che erano arrivati qui. Ho caricato i bambini, quei cosi d'oro e il pazzoide sul camion e li ho portati qui. Il tizio è sceso e subito dopo ci siamo ritrovati tra le mani un drago pazzo furioso," disse Mason, agitando una mano verso la gabbia.

"Sono contento che siate qui. Forse potrete dargli una mano," aggiunse Chad.

"Quello che vorrei sapere è da dove venite voialtri e cosa sta succedendo veramente," disse Sandy con voce piena di frustrazione.

"Sandy! Noi ti ha preparato una cosa," esclamò Spring, facendosi largo tra gli uomini.

Phoenix seguì la sorella. "Ha dei bei brillantini, proprio come quello che la nostra mamma ha fatto al nostro papà," aggiunse.

Il cuore di Sandy si sciolse quando udì l'entusiasmo nelle voci delle bambine. Chinandosi, posò il bastone bianco accanto a sé e tese le mani. Fu ricompensata quando ciascuna delle bambine ne afferrò una.

"Sono felice che siate entrambe al sicuro. Ero preoccupata per voi. Quando non vi ho sentite a colazione, ho pensato che foste solo taciturne, ma le altre hanno detto che non c'eravate, poi sono arrivati Chad e Mason e..." mormorò Sandy.

Sandy girò la testa verso la grande sagoma in ombra. Si morse il labbro. La creatura... il drago, qualunque cosa fosse, emetteva di tanto in tanto un richiamo sommesso che le toccava il cuore. Suonava proprio disperata. Sandy sbatté le palpebre e si voltò quando sentì Spring metterle in mano qualcosa.

"Che cos'è?" chiese Sandy.

"È un cuore per San Valentino. Si dovrebbe regalare a qualcuno per dimostrargli che lo si ama," spiegò Spring.

"La nostra mamma ne ha dato uno al nostro papi. Lei aveva il cuore spezzato e si sentiva sola, proprio come te, finché non ha trovato il nostro papi. Gli ha dato il suo cuore e lo ha reso di nuovo integro, così lui, il suo drago e il suo simbionte non era più tristi," aggiunse Phoenix.

"Un biglietto di San Valentino! Non ne ricevo uno da... sempre," ammise Sandy.

"Noi ne fatto un altro per il guerriero drago. Non so se va bene, perché l'ha fatto noi e non tu, ma noi pensa che se tu glielo da e gli parla di San Valentino, tu aiuta il suo cuore a non essere così duro," disse Spring.

"Anche noi deve aiutare. Se io deve essere un capo, deve assicurarmi che i cuori di tutti i miei guerrieri non venga spezzati," dichiarò Zohar.

"Anch'io è un capo, ma è venuto solo perché volevo vedere da dove veniva la mia mamma," disse Roam, passandosi una mano sul naso.

"Io è un capo, vero, papi? Mi assicura che tutti è al sicuro, proprio come fa il mio papà," esclamò Alice, alzando lo sguardo verso Ha'ven e sorridendo.

Ha'ven rassicurò Alice, mentre Jabir si avvicinò a Sandy e disse: "Io è solo un principe, ma so che tu deve stare attenta quando gli dà il cuore."

"E perché mai, Jabir?" chiese Sandy.

Fu sorpresa quando il bambino si sporse in avanti e le sussurrò nell'orecchio. Un rossore le riempì le guance e lei riuscì a sentire le risate soffocate del gruppo di uomini che la circondava. Il suo sguardo tornò a posarsi sulla gabbia.

"Succede anche ai pantaloni dei papà di Phoenix e Spring," concluse Jabir.

"Penso che basti così, Jabir," si affrettò a dire Mandra, prendendo in braccio suo figlio.

"Jabir dice sempre quello che pensa," avvertì Bálint.

"È vero, però," argomentò Spring.

"Io è proprio contenta di non essere un maschio," disse Amber storcendo il naso.

"Anch'io. Non vuole che i miei pantaloni cresce," mormorò Jade.

"Deve stare attento anche tu quando fai il bagno, vero, papà? Perché i pesci potrebbero pensare che sia un..." fece per aggiungere Jabir con gli occhi spalancati.

Mandra coprì delicatamente la bocca di Jabir con la mano e lanciò a Paul uno sguardo disperato. Tutti gli uomini stavano lottando contro un improvviso attacco di tosse. La situazione non migliorò quando Amber e Jade si voltarono a guardare Trelon con espressioni interrogative.

"Paul..." invitò Mandra, lanciando un'occhiata a Chad e Mason.

Chad colse l'occhiata e sorrise. "Perché non entriamo a prendere qualcosa da bere?" suggerì. "Sandy, non hai fatto i tuoi famosi biscotti ieri?"

"Biscotti!" gridarono i bambini con gioia, correndo verso la casa.

Mandra tolse con prudenza la mano dalla bocca di Jabir. "E latte?" Jabir chiese con uno sguardo speranzoso.

"Sì, e latte," ridacchiò Sandy. Prese il bastone, si alzò e si avviò verso la casa, camminando a passo lento rispetto agli altri. Si fermò vicino alle sagome in ombra che giacevano vicino al portico. Riuscì a malapena a distinguere le tre sagome diverse. In effetti, se quella che era intrappolata non avesse emesso un suono sommesso e ronzante, quasi un gemito, sarebbe stato impossibile per lei distinguerle.

Incapace di ignorare il dolore della creatura, Sandy stava per fare un passo verso di essa quando sentì una mano toccarle il braccio. Sobbalzò, spaventata perché non aveva sentito alcun passo. Un forte ringhio squarciò l'aria e la creatura che lei aveva fatto per toccare si slanciò in avanti, solo per essere trattenuta dalle altre due.

"Sono pericolosi in questo momento," avvertì la voce profonda.

Sandy rimase rigidamente immobile, stringendo con forza il bastone bianco nella mano destra. Deglutì. Quello era uno degli alieni che erano passati attraverso lo specchio.

"Non mi farà male," rispose lei, non sapendo bene perché fosse così sicura di quell'affermazione.

"Un guerriero che ha perso il controllo del suo drago e del suo simbionte è una creatura molto pericolosa, Sandy. Siamo tanto il nostro io primitivo quanto quello pensante e razionale," avvertì Creon.

Sandy deglutì, costringendo la voce a non tremare di paura. "A lei è mai successo?" chiese.

Ci fu un breve silenzio e Sandy immaginò che l'uomo accanto a lei stesse fissando il drago e il simbionte prima di rispondere alla sua domanda. Quando l'uomo parlò, lei sentì nella sua voce un'esitazione e una rassegnazione.

"Sì."

"Quali dei bambini sono suoi?" chiese Sandy.

"Spring e Phoenix," rispose Creon.

Un piccolo sorriso sfiorò le labbra di Sandy. Ricordava di aver visto il possente maschio alieno nella visione che Phoenix le aveva regalato; all'inizio ne aveva avuto un'impressione terrificante, che poi si era fatta dolce quando lo aveva visto giocare con le due preziose piccole mutaforma draconiche e baciare la loro madre con adorazione e amore. Le sue dita si mossero sul cuore che teneva nella mano sinistra. I bambini erano venuti da lei per dirle di non avere paura del "guerriero drago," un guerriero che non era ancora apparso, ma che lei sentiva che ora la stava guardando con una fame e un desiderio da togliere il fiato. Dicevano che aveva bisogno di aiuto, di amore.

"Qualcosa mi dice che andrà tutto bene, signor Reykill," mormorò Sandy, allentando la presa sul bastone.

Ci fu un momento di silenzio prima che l'uomo parlasse di nuovo. "Credo che lei abbia ragione, Sandy," rispose Creon, guardando il drago marrone scuro e ricordando il potere curativo dell'amore di una vera compagna.

# CAPITOLO 19

Sandy aspettò di sentire il rumore della zanzariera che si chiudeva alle spalle di Creon prima di muoversi. Inspirando profondamente, si inginocchiò sull'erba. Appoggiò il cuore di carta a terra e vi pose sopra il bastone per evitare che venisse spazzato via dalla brezza leggera.

Ignorando per il momento il drago sbuffante, inclinò la testa e allungò la mano verso la meno imponente delle due creature, quella piccola che gemeva come se il suo cuore si stesse spezzando. "Lasciate che venga a me," ordinò in tono calmo e deciso.

Pur non potendo vedere le espressioni, se le avevano, sul volto delle altre due creature, percepì la loro improvvisa immobilità. Sporgendo il mento in avanti, schioccò le dita e indicò. Sperava che la mossa funzionasse meglio con loro che con Coco.

Un brivido la percorse quando sentì il timido tocco di calore contro le sue dita prima che si ritraesse. Una moltitudine di sentimenti diversi la attraversò al breve contatto. Sentiva il vuoto soffocante della solitudine e la profonda paura del rifiuto.

"Va tutto bene, tesoro; non ti farò del male," mormorò Sandy, allungandosi fino a passare la mano lungo la testa setosa. "Temo di non poterti vedere con gli occhi. Dovrò farlo con le dita. Che ne dici di avvicinarti un po' di più? Non ho proprio voglia di cadere di faccia nell'erba... È micidiale per l'autostima," aggiunse con un sussurro ironico.

Soffocò una risata quando la creatura, inaspettatamente, le passò una lunga lingua sulla guancia. Non era umida come quella di un cane o ruvida come quella di un gatto. Sembrava la seta più morbida che Sandy avesse mai sentito scorrere sulla sua pelle.

"Allora, vediamo se riesco a capire come sei fatto," ridacchiò Sandy, cercando di evitare che quella lingua irriverente le finisse in bocca.

La creatura – il simbionte, ricordò a se stessa – percepì ciò che voleva fare e si immobilizzò per permetterle di passare le mani sulla sua testa. Sandy fece scorrere le dita sulla superficie, cercando di tracciarne mentalmente la forma. Immaginò un naso e un lungo muso con una serie di creste. Le sue dita scivolarono verso l'alto, incorniciando delicatamente un paio d'occhi, prima di scendere lungo la mascella.

'Enorme' fu l'impressione generale che ne ricavò. Quella creatura era più grande di qualunque cane lei avesse mai visto. Se doveva paragonarla a qualcosa, probabilmente l'altro termine sarebbe stato un cucciolo di elefante, anche se lei non ne aveva mai accarezzato uno in vita sua.

"Okay, sei grosso, setoso, hai una lingua lunga, due occhi, un naso sporgente, orecchie flosce e... oh, santo cielo... denti affilati," concluse Sandy, facendo scorrere le dita su denti grandi come un coltello da intaglio.

Il suo respiro sibilò quando il volto che aveva appena memorizzato cambiò sotto le sue mani. I denti, pur essendo ancora affilati e minacciosi, erano molto più piccoli di prima. Un breve passaggio sul naso le fece capire che il volto del simbionte era ora completamente diverso da quello che aveva appena esplorato.

Sandy sbatté le palpebre e scosse la testa. Avrebbe dovuto ricominciare tutto da capo.

"E puoi anche cambiare forma. Stavo solo cercando di farmi un'idea di come fossi fatto. Qualcosa mi dice che potrebbe essere un compito infinito," gemette Sandy.

Stava cominciando a disegnare mentalmente i nuovi lineamenti quando le sue mani affondarono nel corpo morbido della creatura. Il respiro le si mozzò per la sorpresa e il suo corpo si irrigidì istintivamente mentre un'ondata di paura la attraversava. Le sue labbra si aprirono in un grido che si affievolì di fronte alla marea di immagini che si riversò nella sua mente.

Mentre le immagini si susseguivano rapide, Sandy capì che quello era il modo in cui il simbionte comunicava con lei. Le sue palpebre si chiusero e lei si aprì al caleidoscopio di immagini in movimento. Un uomo – o un alieno, in quel caso – si faceva strada in un lungo corridoio, correndo attraverso il labirinto di detriti che lo disseminavano. Il nome di lui le balenò nella mente: *Jarak*. Il fumo e le luci intermittenti minacciavano di disorientarlo, ma lui non rallentava. Intorno a lui, degli uomini erano al lavoro per spegnere gli incendi che divampavano.

La sua testa si girò, guardando lungo il corridoio come se Sandy fosse accanto a lui. Dietro una serie di porte, lei intravide tre uomini attraverso un pannello trasparente. Stavano trasportando faticosamente un altro uomo. Uno di loro cadde, e poi un altro, finché non rimasero tutti svenuti sul pavimento.

Jarak si precipitò attraverso l'ampia porta e sbatté i pugni contro il vetro trasparente della porta. Gridò un ordine agli uomini, ma lei sapeva che non potevano sentirlo attraverso la spessa porta. Jarak allungò la mano in un pannello fumante accanto alla porta, incurante del fatto che gli ustionava la carne delle mani. Voltandosi, vide il lampo d'oro: era la creatura che lei stava toccando. Si trasformò, in attesa del comando dell'uomo. Nel momento in cui le porte furono aperte, lunghe corde d'oro uscirono e avvolsero gli uomini.

Le labbra di Sandy si schiusero per lo stupore, prima che le sfuggisse un rantolo di orrore. Una forte esplosione scosse la nave e la fece inclinare. Quando ciò accadde, lei intravide una mano dietro una console. Jarak doveva averla vista nello stesso momento. Scattò in avanti, scivolando quando la nave oscillò di nuovo. Le fiamme crebbero dietro i pannelli di vetro. Dall'interno surriscaldato cominciarono a comparire linee sottili. Le porte che Jarak aveva tenuto aperte manualmente ricominciarono a chiudersi.

Sandy si voltò, cercando di vedere quali fili l'uomo avesse congiunto nel pannello fuso. Le sue mani annasparono, scivolando attraverso il pannello come un'apparizione.

"No, devi aiutarlo," gridò lei.

Guardò con orrore impotente mentre Jarak lottava per afferrare l'ultimo rimasto uomo nella stanza. Nel momento in cui Jarak riuscì ad avere un buon appoggio, si caricò l'uomo svenuto sulle spalle in stile pompiere e si contorse. Lo sguardo di Sandy tornò a guardare il vetro che andava spaccandosi. Non ce l'avrebbero fatta.

Un grido silenzioso la attraversò quando Jarak si tuffò in avanti appena prima che le porte si chiudessero. Un'enorme palla di fuoco si protese vorace verso di lui, ma venne tagliata fuori dalle porte. Entrambi gli uomini caddero in avanti, rotolando contro il muro.

Sandy osservò in silenzio mentre Jarak si spingeva in posizione seduta. Fece rotolare l'altro uomo. Solo quando vide le spalle di Jarak tremare, capì che l'uomo per cui questi aveva rischiato la vita era già morto. Jarak inclinò la testa all'indietro e ruggì di dolore.

"Chi era?" sussurrò, le lacrime che le scivolavano tra le ciglia e le scendevano sulle guance.

Un'altra immagine, questa volta di due ragazzi che correvano in un prato di erba alta e viola. Il più grande si fermò e aspettò il più giovane. Fu allora che Sandy capì che il morto era il fratello di Jarak.

Aprendo gli occhi, Sandy staccò le mani dal simbionte per asciugarsi le lacrime dalle guance. Il calore le attraversava ancora il corpo e si toccò i polsi. Entrambi erano avvolti da una fascia dello stesso materiale setoso del simbionte.

Tirando su col naso, Sandy cercò a tastoni il bastone. Raccolti il bastone e il cuore di carta, si alzò in piedi. Fu sorpresa quando sentì il simbionte alzarsi e premere leggermente contro di lei. Si voltò e si concentrò sulla gabbia. Mosse il bastone avanti e indietro mentre avanzava. Nell'ombra proiettata dagli alberi, era più difficile per lei distinguere dove si trovavano le cose e a che distanza.

Il simbionte accanto a lei si fermò, ma il suo bastone non incontrò resistenza per un altro paio di metri. Sembrava che il simbionte si stesse tenendo a debita distanza dagli altri due simbionti che avevano formato la gabbia di cui gli uomini avevano parlato prima. Facendo un passo avanti, Sandy incespicò perché sentì un basso ringhio di avvertimento.

"So chi sei, Jarak," disse Sandy con voce tranquilla. "Ti ho visto."

Poteva anche essere spaventoso, ma sotto sotto era un brav'uomo. Sandy non capiva davvero cosa gli avesse fatto perdere il controllo del suo drago, ma il simbionte le aveva mostrato il cuore del dolore dell'uomo e lei sapeva, nel profondo, che poteva aiutarlo, che era destinata ad aiutarlo. Quella era una creatura altruista, al momento sopraffatta dalla rabbia e dall'impotenza. Lei stessa aveva avuto molti anni per fare pace con la sua situazione, ma ricordava molto bene la rabbia e l'impotenza provate.

Il drago ringhiò, indietreggiando quando lei si avvicinò di un altro passo. Sandy lasciò il bastone, che cadde a terra con un morbido tonfo. La sua mano si allungò e le sue dita sfiorarono il simbionte che lo teneva prigioniero.

"Fammi entrare," chiese.

La sbarra d'oro vibrò contro il palmo della mano prima di dissolversi abbastanza da permetterle di fare un passo avanti. Fece una pausa quando sentì uno sbuffo e il rumore di qualcosa che raschiava sul terreno. Sollevando la mano, fece un passo avanti finché le sue dita non toccarono la consistenza liscia delle scaglie.

"Sei davvero un drago," disse stupita.

Sandy sentì i braccialetti intorno ai polsi scaldarsi, collegando lei e il drago. Riusciva a sentire le emozioni di lui dentro di sé, la più sconvolgente delle quali era la paura. Il drago aveva paura di farle del male, aveva paura di ciò che lei poteva significare per lui, di come sarebbe stato perderla. Incapace di girarle attorno negli stretti confini della gabbia, il maschio attese con tesa incertezza il loro primo contatto.

Allungando l'altra mano, Sandy si ricordò del cuore che teneva in mano. Lo fece scivolare nel reggiseno, non volendo allontanarsi troppo da lui. Con entrambe le mani, esplorò l'ampio petto.

"Una volta avevo paura," mormorò lei, facendo scorrere le mani sul suo cuore. "Se fossi onesta con me stessa, ammetterei che ne ho ancora."

Aspettò. Un piccolo sorriso le sfiorò le labbra quando sentì il drago darle un colpetto con la punta del naso, come a chiederle di andare avanti. Il respiro caldo della creatura le accarezzò il viso e lei fece scorrere le dita lungo la sua mascella.

"Sono stata adottata. I miei genitori hanno scoperto solo quando avevo quasi tredici anni che avevo una malattia chiamata retinite pigmentosa. È un disturbo ereditario. Non entrerò nei meravigliosi e affascinanti dettagli, ma ti dirò che sapere che sarei diventata cieca non era il tipo di notizia che avrei voluto ricevere a tredici anni. Aggiungici la pubertà e puoi immaginare che la maggior parte dei genitori sarebbe stata pronta a chiudermi in una stanza imbottita, ma non i miei. No, loro mi hanno mostrato come prendere i limoni e farne una limonata.

"Papà ha un senso dell'umorismo contagioso. Giuro che potrebbe guadagnarsi da vivere facendo il comico. In questo momento, lui e la mamma sono in pellegrinaggio per visitare tutti i parchi nazionali dei cinquanta Stati. Chad e io abbiamo una scatola di calamite da frigo che dimostrano che stanno facendo un buon lavoro," disse Sandy, scuotendo la testa prima di tornare seria. "Ma non è questo che mi spaventa. Posso sopportare di perdere la vista. Solo che non sono sicura di essere tagliata per stare da sola.

"Io… ho provato ad amare una volta e non è andata molto bene. Lui non riusciva a sopportare la mia cecità e io non riuscivo a sopportare che lui fosse un idiota. Purtroppo, ci sono voluti vent'anni per capirlo. Ora… ora me ne sto seduta in veranda a lavorare a maglia e a discutere con un gatto che non mi ascolta. Non è questo che voglio dalla vita. Voglio vivere avventure, esplorare il mondo e scoprire luoghi in cui nessuno è mai stato, ma non so come fare."

La voce di Sandy si affievolì quando lei pensò a tutte le cose che avrebbe voluto fare, ma che ora aveva troppa paura di fare. Non sapeva perché stesse condividendo tutto ciò con un perfetto sconosciuto, anzi, con un alieno! Non aveva mai parlato a nessuno, nemmeno a Wayne, delle sue preoccupazioni per il giorno in cui il suo mondo sarebbe diventato buio per sempre.

Un leggero sussulto le sfuggì quando sentì il petto che stava toccando cambiare sotto le sue mani. Cadde in avanti tra un paio di braccia forti. Le sue dita si posarono sul petto di lui.

"Wow! Hai… Wow!" mormorò sorpresa Sandy, toccando i muscoli duri che sembravano non finire mai.

"Il tuo è un gioco pericoloso," la ammonì Jarak.

"Tesoro, con muscoli come questi, potrei giocare tutto il giorno!" replicò Sandy prima di arrossire. "Quello che volevo dire è…"

La spiegazione di Sandy fu catturata da un paio di labbra decise. Sandy spalancò gli occhi per la sorpresa prima di abbassare le ciglia e chiuderli.

*Beh, posso cancellare il bacio di un alieno sexy dalla mia lista di cose da fare,* pensò mentre si lasciava andare contro di lui.

# CAPITOLO 20

"Cosa sta facendo loro?" chiese Phoenix, avvicinandosi a Jabir che guardava fuori dalla finestra anteriore.

"Si bacia," rispose Jabir con un sospiro.

"Io non sa perché agli adulti piace così tanto farlo. A me non sembra divertente," mormorò Roam mentre mangiava un biscotto.

"Credo che il nostro cuore stia funzionando," disse Spring, sbirciando fuori dalla finestra.

"Ehi, Phoenix, Spring," esclamò Jade, "ho trovato delle foto della vostra mamma!"

"La nostra mamma?" disse Phoenix.

"Jade, non sei a casa tua," disse Trelon, entrando nel soggiorno quando sentì le sue parole.

"Fammi vedere," rispose Creon, seguendo Trelon nella stanza.

Jade rivolse a suo padre un sorriso di scusa. "Io e Amber stava giocando. Io ha fatto cadere le scatole e le stava raccogliendo proprio come mi aveva detto tu, papà," spiegò, sollevando la piccola scatola che era caduta.

Creon prese la scatola rettangolare. All'interno c'era una raccolta di immagini. Alcune erano sfuse, altre incorniciate. Creon si avvicinò al divano e si sedette. Phoenix e Spring si affrettarono ad avvicinarsi e a gattonargli accanto, osservando le immagini.

"Questo è prima che la mamma ti conoscesse, vero papà?" chiese Spring, indicando la foto di una giovanissima Carmen seduta su una delle bestie del ranch di Paul.

"Sì," mormorò Creon, affascinato da quegli scorci di Carmen da giovane.

C'erano foto di Carmen e Ariel, di una coppia di anziani che dovevano essere i genitori di lei, di Carmen con Trisha e Paul e con decine di altre persone. Alcune immagini risalivano a quando Carmen non era molto più grande di Phoenix e Spring.

Le dita di Paul scivolarono su ognuna di quelle foto. Un sorriso gli incurvò le labbra quando ne vide una in cui la donna era palesemente arrabbiata. I suoi occhi scintillavano in un modo che ricordava la prima volta che lui l'aveva incontrata.

Creon si allungò a estrarre fuori una cornice avvolta in una sottile carta bianca. La scartò e trasse un respiro profondo. Era una foto di Carmen e del suo primo compagno, Scott. Doveva essere stata scattata il giorno in cui si erano uniti. Lei sembrava tanto giovane, fragile... e felice mentre stava accanto a un maschio che la circondava con un braccio. Era anche incredibilmente bella.

"È quella che la mamma teneva in mano la notte in cui mi ha visto," sussurrò Phoenix, con gli occhi che si riempivano di colori.

Le dita di Creon si strinsero intorno alla cornice e lui si chinò per dare un bacio sulla fronte di Phoenix. L'emozione lo soffocò al pensiero di quanto era stato vicino a non avere mai Carmen, Phoenix o Spring nella sua vita. Seduto, fissò ancora una volta la foto prima di avvolgerla di nuovo nella carta velina.

"Io ti vuole bene, papà," disse Phoenix, appoggiandosi a lui mentre rimetteva le foto nella scatola.

"Anch'io ti vuole bene," disse Spring, avvolgendo il più possibile il braccino intorno alla sua vita per abbracciarlo.

"Io... vi voglio bene, ragazze, più di quanto possiate immaginare," mormorò Creon.

"Noi può fare alla mamma un biglietto di San Valentino e portarglielo?" chiese Spring.

"Potrebbe darle la scatola che ha trovato Jade. Appartiene alla mamma, non è vero?" chiese Phoenix.

"Penso che la mamma sarebbe felicissima di entrambe le cose," rispose Creon con un sorriso dolce. Creon alzò lo sguardo mentre Paul si allontanava dal muro. "È possibile fare un biglietto di San Valentino qui?"

Paul annuì e sorrise. "Credo che questo sia il posto perfetto per realizzarne uno. Ci sono alcune cose che non mi dispiacerebbe portare con me, e Internet è un ottimo posto per ordinare tutto ciò che potrebbe servirci," affermò.

"Al ranch ci sono scatole provenienti dalle case di tutte le ragazze; potreste dare un'occhiata là dentro. Ho fatto spedire tutto lì dopo aver fatto redigere le loro procure," suggerì Chad.

"Ann Marie mi ha fatto mettere tutto in soffitta. È tutto etichettato," aggiunse Mason.

"Penso che dobbiamo tornare al ranch," disse Paul.

"E Sandy e quella... cosa in cortile?" chiese Chad, gesticolando con una mano verso la porta d'ingresso.

"Si sta ancora baciando. Io scommette che i pantaloni di lui è diventati molto grandi," disse Jabir, continuando a guardare fuori dalla finestra.

"Che diamine, non avevo bisogno di questa immagine in testa," mormorò Chad.

# CAPITOLO 21

Sandy rimase immobile lungo il vialetto, ascoltando il suono sempre più distante dei furgoni di Chad e Mason. Era un miracolo che si fosse accorta della loro partenza. Al momento, tutto ciò a cui riusciva a pensare erano le mani calde sui suoi fianchi e il corpo ancora più caldo che stava dietro le sue spalle.

"Sai che non mi stai rendendo le cose facili, vero?" lo stuzzicò Sandy, voltandosi verso di lui.

A Jarak sfuggì una risatina arrugginita. La donna stretta a lui non aveva idea di quanto fosse difficile non prenderla in braccio e portarla nella dimora dove avrebbe voluto fare l'amore con lei in ogni stanza.

*Mi piace l'idea. Tu porti, io mordo,* disse il suo drago facendo le fusa.

"Hai fatto le fusa?" chiese Sandy.

Jarak aggrottò la fronte. "I guerrieri non fanno le fusa," rispose.

Sandy premette la mano contro il petto dell'uomo e ridacchiò. Inclinò la testa all'indietro. Le sue labbra si incurvarono in un ampio sorriso.

"Tesoro, so come sono le fusa: ho una gatta che non smette mai di farle. Hai fatto le fusa," replicò lei, accarezzandogli il petto.

"È il mio drago. È... contento," mormorò Jarak.

Sandy fece scivolare le braccia dal petto dell'uomo fino alle sue spalle e vi si aggrappò. Le mani di lui si strinsero sui suoi fianchi e la attirarono contro il corpo dell'uomo. Gli sfuggì un altro borbottio.

"Beh, io penso che sia sexy da morire," mormorò Sandy, prima di premergli un bacio sulle labbra.

Jarak gemette, approfondendo il bacio quando le labbra di lei si schiusero. Aveva visto i Signori Draghi con le loro compagne e sapeva che alle femmine piaceva quella cosa; era impossibile star loro vicino e non notarlo. Jarak aveva studiato il fenomeno, chiedendosi cosa ci trovassero quelli di così piacevole. Ora lo sapeva.

Per la prima volta in vita sua, comprese il legame che si instaurava quando un guerriero trovava la sua vera compagna. La gioia pura del suo drago e del suo simbionte rischiava di sopraffarlo. Le sue mani scivolarono sul corpo di lei e le sue dita si aggrovigliarono nei capelli della femmina. Le scaglie marrone scuro si increspavano sotto la camicia e lungo il collo. Il suo drago premeva contro di lui, voglioso di stare vicino alla sua compagna. Dentro di sé, Jarak sentì il fuoco del drago accendersi e diffondersi nelle vene.

Gli sfuggì un gemito sommesso. Ruppe il bacio, respirando profondamente. "Ti voglio," mormorò.

Sandy inspirò con un brivido. Lui sentì il corpo della donna irrigidirsi per un attimo prima che si rilassasse. Le braccia di lei scesero a cingergli la vita.

"Che ne dici se prima ci conosciamo un po' meglio?" suggerì la femmina.

*Quanto tempo ci vuole? Minuti? Ore?* chiese il suo drago.

Jarak avvertì la stessa domanda da parte del suo simbionte. Lanciò un'occhiata esasperata al simbionte quando questo si rotolò e sollevò le zampe, mentre la lingua gli penzolava da un lato della bocca come se fosse moribondo. Jarak non vedeva quel lato giocoso da quando era piccolo.

"Cosa c'è?" chiese Sandy.

Jarak sospirò. "Il mio drago vuole sapere quanto tempo vi ci vorrà per conoscerci. Siamo molto semplici. Io sono un maschio, lui è un drago, siamo entrambi... Beh, puoi sentire l'effetto che hai su di me," ammise con amarezza.

Sandy tacque per un momento, prima che la sua testa ricadesse all'indietro e lei emettesse una risata deliziata. La luce sul suo viso gli disse che non era turbata dalla sua confessione. Anzi, a giudicare dal modo in cui si muoveva contro di lui, nemmeno Jarak le era indifferente.

"Facciamo una passeggiata, parliamo un po' e vediamo come va," propose la donna con un sorriso scherzoso.

"Sarà una passeggiata lunga?" chiese Jarak, chinandosi per sfiorare con un bacio il collo di lei, dove immaginava il suo marchio.

Un brivido le attraversò il corpo. "Non se continui a fare così," mormorò con un gemito.

"Allora credo che dovremo fermarci spesso," rispose Jarak.

*Aggiungo fuoco di drago,* suggerì il suo drago. *Così lei non va affatto lontano.*

*Solo quando lei dirà di sì,* ammonì Jarak.

*Tu baci, lei dice di sì, io mordo, nasce compagna, siamo tutti felici,* concordò il suo drago

"Magari fosse così semplice," mormorò lui, dando un altro bacio sul collo della femmina prima di fare un passo indietro. "Prendi il mio braccio, compagna mia, e cammineremo, parleremo e ci baceremo."

Le sfuggì un sospiro felice. "Mi piace," rispose lei, facendo scorrere la mano sul ventre duro di Jarak prima di avvolgerla intorno al suo braccio. "Wow... semplicemente... wow!"

# CAPITOLO 22

"Io ha bisogno di più scintille," disse Alice, guardando il suo cuore con occhio critico.

"Credo che tu abbia già abbastanza brillantini, Alice," rispose Ha'ven con dolcezza.

Alice osservò il biglietto ancora per qualche secondo prima di scuotere la testa. "No, ci vuole di più. La mamma ha bisogno di tanti brillantini," disse.

"Ecco a te, Ha'ven. Emma ti adorerà ancora di più," esclamò Vox ridacchiando.

Ha'ven ringhiò quando Vox gli cosparse i capelli con una manciata di brillantini bianchi mentre camminava dietro di lui e intorno al tavolo, ricoprendo Ha'ven di polvere bianca e scintillante. Gli altri uomini al tavolo ridacchiarono. Ha'ven lanciò un'occhiata a Vox, agitò i capelli e fece piovere fiocchi bianchi su Alice alla sua destra e Zoran alla sua sinistra. Con un colpo di polso, formò uno dei palloncini pieni di Favilla di Alice sopra la testa di Vox e lo fece scoppiare.

"Ehi!" sibilò Vox.

"Wow! Tu sa fare questo?" chiese stupito Roam. "Io pensava che solo Alice sapeva farlo!"

"Hai idea di quanto tempo mi ci sia voluto per togliermi questa ca... volo di roba dai capelli, l'ultima volta?" gemette Vox, scrollandosi e spargendo i fiocchi multicolori su metà del tavolo.

"I tuoi cosi luccicosi si mescola coi miei," ringhiò Amber, coprendo il cuore.

Jade annuì in segno di assenso. "Sì, questo è il biglietto per la nostra mamma," aggiunse.

Mandra sollevò la mano e la agitò. Brontolò per la frustrazione quando i pezzi di carta che stava cercando di incollare gli rimasero attaccati alle dita. Ogni volta che cercava di staccarli, si appiccicavano all'altra mano.

"Paul, come si toglie questa roba?" chiese Mandra.

Paul si appoggiò allo stipite della porta, sorridendo divertito. Chad e Mason erano accanto a lui, mentre Ann Marie si muoveva intorno al tavolo, aiutando i bambini con i loro vari progetti. Si era rifiutata di aiutare gli uomini adulti.

"Sono grandi. Troveranno una soluzione," disse.

Personalmente, Paul non ne era così sicuro. Negli ultimi tre giorni, il Grove Ranch era diventato il covo di Cupido. La prima mattina dopo il loro arrivo, gli uomini avevano scoperto che digitando le parole San Valentino su alcuni siti web si potevano trovare idee regalo in abbondanza. La consegna in due giorni aveva suggellato l'affare e la giornata si era trasformata in una frenesia di acquisti che aveva portato Mason a brontolare riguardo a budget e a flusso di cassa.

Il giorno seguente, gli uomini avevano svuotato la soffitta mentre Paul, Mason e Chad portavano i bambini a cavallo. Al suo ritorno, Paul aveva trovato gli uomini persi in un mucchio di film d'amore. Secondo Ann Marie, stavano facendo "ricerche."

Il giorno prima, i pacchi avevano iniziato ad arrivare a vagonate. Scatole di ogni forma e dimensione si erano accumulate in soggiorno fino a che muoversi non era diventato quasi impossibile. Paul non aveva idea di come gli uomini pensassero di trasportare il tutto. E poi, ammesso che ci fosse riusciti, sarebbe stato interessante vedere dove avrebbero messo tutta la roba che avevano comprato.

Quel giorno stavano preparando i biglietti di San Valentino. Dopo tre ore di lavoro, Paul era contento di aver acquistato i biglietti per Trisha, Morah e Morian.

"Credo che abbiano abbastanza materiale per i prossimi cinquanta San Valentino," disse Mason.

Chad alzò la tazza di caffè. "Ci vorrà tutto quel tempo per ripulire il casino. Quel palloncino magico... È un mondo bizzarro, Paul," esclamò prima di sorseggiare la sua bevanda.

Paul ridacchiò. "Non hai idea, Chad," rispose.

Chad tacque prima di parlare di nuovo. "Sarà buono con lei?" chiese. "Non voglio vederla soffrire di nuovo. Quello stronzo di Wayne..."

Paul guardò Chad, notando l'espressione preoccupata sul volto del suo amico. Il suo sguardo tornò al tavolo. Enormi guerrieri alieni sedevano accanto a bambini piccoli, ridendo, scherzando e facendo confusione. Quegli uomini feroci erano in grado di uccidere in un attimo – e lo avrebbero fatto per proteggere i loro cari – ma sapevano essere teneri e compassionevoli. Sapevano ridere mentre cercavano di togliersi la colla dalle dita o lanciarsi l'un l'altro dei brillantini per gioco.

Paul si rese conto che sia Chad che Mason stavano aspettando una risposta da parte sua. Annuì. Non dubitava che Jarak avrebbe fatto bene a Sandy.

"Sandy sarà il suo mondo. Inoltre, lei non sarà sola. Ci saranno anche Morian, Trisha e le altre," promise Paul.

Le labbra di Chad si strinsero. Paul capì che l'altro uomo aveva un'altra preoccupazione, che era riluttante a esprimere. Chad si voltò a guardarlo.

"Gli andrà bene che lei sia ipovedente?" chiese Chad. "Wayne…"

"Wayne era un idiota," ha detto Paul.

"Sottoscrivo," mormorò Mason.

"La sua cecità non avrà alcuna importanza per lui. Semmai, lui, il suo drago e i suoi simbionti saranno più protettivi. I simbionti possono guarire la maggior parte delle ferite, ma non un disturbo come questo. Jarak amerà Sandy per quello che è," rassicurò Paul.

Ci vollero diversi minuti, ma alla fine Chad annuì e si appoggiò di nuovo al muro. Paul continuò a guardare le scenette buffe che si svolgevano davanti a lui. No, non aveva alcun dubbio che Sandy sarebbe stata amata.

# EPILOGO

"Perché ci mettono così tanto?" gemette Riley, appoggiando la testa all'indietro contro i cuscini. "Io e il mio felino stiamo per impazzire senza Vox e Roam."

Morian rivolse a Riley uno sguardo comprensivo. "Come stanno Sacha e Pearl?" chiese, lanciando un'occhiata alle gemelle addormentate.

Riley si coprì gli occhi con un braccio e gemette di nuovo. "Benissimo! Anzi, nelle ultime tre notti hanno dormito tutta la notte, ora che Vox non le sveglia continuamente per assicurarsi che stiano bene," disse.

"Probabilmente è superfluo, ma il resto di noi la pensa allo stesso modo," rispose Carmen dal balcone, dove era seduta a guardare il giardino.

Era rimasta seduta lì negli ultimi quattro giorni, sul balcone di Paul e Morian o su quello del loro alloggio. Il suo cuore soffriva per il bisogno di sentire le braccia di Creon intorno a sé, e le sue braccia soffrivano per la voglia di stringere

Phoenix e Spring. Alzò lo sguardo quando Trisha ed Emma vennero a sedersi accanto a lei.

"Mi mancano," disse Emma con voce sommessa.

Trisha annuì. "Tutto quello che ho da dire è che è meglio che ci sia una ragione dannatamente buona per cui ci stanno mettendo così tanto a tornare. Sono contenta che papà sia con loro. Li terrà lontani dai guai," disse.

Carmen sentì la stretta compassionevole di sua sorella sulla spalla prima di sussultare. Si sporse in avanti, avendo visto una luce vorticosa formarsi giù nel giardino. Diventava sempre più grande... sempre più grande...

"Cosa diavolo hanno combinato? Hanno trovato un dinosauro?" mormorò Ariel prima di strillare di gioia. "Jabir! Sono tornati! Riley! Morian! Sono tornati!"

"Cara è già un passo avanti a noi," disse ridendo Carmen, asciugandosi una lacrima mentre si alzava.

"Dorme in giardino da quando Trelon e i gemelli sono partiti," disse Trisha, sorridendo quando vide Bálint attraversare in volo il portale. "Bálint!"

I piccoli draghi sbatterono furiosamente le ali, cercando di guadagnare quota. Bio e Tesoro attraversarono il portale e si fiondarono sotto di loro per dar loro una spinta. Trisha agitò le braccia e prese Bálint tra di esse, abbracciandolo forte e baciandolo sul viso. Ariel fece lo stesso, sprofondando in una delle sedie quando Jabir iniziò a leccarle freneticamente il viso.

"Mamma! Io è tornata e anche papà! Ti ha portato dei regali," esclamò Alice, apparendo improvvisamente davanti a Emma.

Emma attirò Alice tra le braccia, piangendo. "Sei cresciuta!" disse a metà tra una risata e un singhiozzo. "Mi sei mancata così tanto!"

L'esclamazione stupita di Riley attirò l'attenzione di tutti. "Oh, mio Dio! Ma che...?" esclamò incredula. "Mi state prendendo in giro?! Sono andati a fare shopping per tre giorni?!!!"

Carmen si asciugò le guance con mani impazienti e rise. "Sembra di sì," disse.

Tutti guardarono quattro uomini in forma di drago che attraversavano il portale. Ognuno di loro reggeva un angolo di un enorme telo carico di pacchi di ogni forma e dimensione.

Un attimo dopo, un'enorme tigre con un piccolo cucciolo bianco appeso alla bocca apparve con un balzo. Una volta atterrato, il grande maschio posò il cucciolo a terra. Lo strillo di felicità di Riley attirò l'attenzione di entrambi, che si trasformarono.

"Devo mettere le bambine nel passeggino," disse Riley, girandosi freneticamente su se stessa. "Emma... Per favore... Ho bisogno di..."

Un secondo dopo, Riley, con Sacha e Pearl accoccolate in un passeggino doppio, era in giardino. Alice batté le mani e abbracciò forte sua madre. Il cuore di Carmen si sciolse quando vide il massiccio guerriero sarafin sollevare Riley da terra e farla roteare, mentre Roam guardava nel passeggino e faceva le smorfie alle sorelline.

"Oh, Paul," mormorò Morian, stringendo le mani quando il suo compagno attraversò in picchiata il portale e raggiunse il balcone. "Mi sei mancato."

"Papi," gridò Morah, correndo in avanti.

Paul si chinò e prese in braccio la figlioletta prima di avvolgere un braccio intorno a Morian e attirarla a sé. Le catturò le labbra, ignorando tutti gli altri mentre Morah ridacchiava di gioia. Alcuni secondi dopo, senza fiato, pose fine al bacio e appoggiò la fronte sulla sua.

"Mai più," mormorò Paul.

Morian gli accarezzò la guancia, vedendo i segni della stanchezza sul suo viso. "Ti siamo mancate così tanto?" lo stuzzicò con un sorriso lacrimevole.

Paul le rivolse un sorriso ironico. "Sì, ma non mi lascerò mai più intrappolare con tanti di loro in una volta sola," giurò.

La risata di Morian risuonò nel giardino. Le guardie e gli inservienti del palazzo gravitavano attorno alla zona, osservando affascinati. Morian sbirciò oltre le spalle di Paul e sussultò.

"Avete trovato il guerriero drago scomparso?" chiese, alzando lo sguardo su di lui prima di osservare un grande drago marrone scuro atterrare, con una delicata donna umana cullata contro il suo petto.

"Sì, il capo della sicurezza scomparso dalla *V'ager*. La donna è Sandy Morrison," spiegò Paul.

Morian annuì. "Ricordo che mi hai parlato di lei e di Chad."

"Sembra che nella casa gialla con le persiane bianche vivesse di nuovo una donna sola," disse Paul ridacchiando.

Entrambi guardarono Jarak riassumere la forma a due gambe. Il guerriero posò con cura Sandy a terra. A sua volta, lei si chinò per liberare una piccola creatura pelosa.

"Mamma, io vuole un gatto," disse Jabir. "Noi non ha gatti. Beh, ha Roam, ma non credo che la sua mamma e il suo papà mi permetterà di tenerlo."

Paul sorrise a Morian prima che entrambi si avvicinassero mentre Symba e Harvey apparivano dal portale.

Un attimo dopo, il drago nero di Creon balzò attraverso l'apertura con Spring aggrappata alle spalle. Stringeva tra gli artigli diversi sacchi di grandi dimensioni.

Carmen si premette il pugno sulle labbra e aspettò, osservando come la finestra del portale, o "specchio" come lo chiamava Phoenix, cominciava a rimpicciolirsi. La sua mano si protese istintivamente verso Creon in una supplica silenziosa.

Il drago nero posò i grandi sacchi a terra e si contorse, trasformandosi nello stesso momento in cui un piccolo drago piumato color mezzanotte passò attraverso l'apertura e gli arrivò tra le braccia. Carmen non si accorse nemmeno che Emma si era voltata nella sua direzione. In un batter d'occhi, Carmen era in giardino accanto a Creon. Il suo sguardo si fissò su di lui e sulle sue due bellissime figlie molto speciali.

"Buon San Valentino, mamma," dissero contemporaneamente Phoenix e Spring.

Creon posò le ragazze a terra e si avvicinò a Carmen. La guardò, perdendosi nei suoi occhi marroni e umidi. Si avvicinarono l'uno all'altra nello stesso momento e si strinsero tra le braccia a vicenda.

"Ti amo, Carmen Reykill. Buon San Valentino," mormorò Creon contro il collo di Carmen mentre la abbracciava da vicino.

Più tardi, quella sera, il gruppo si ritrovò di nuovo negli appartamenti di Morian e Paul. Intorno a loro risuonavano risate ed esclamazioni stupite mentre gli uomini raccontavano la loro avventura. Carmen non era sicura se fossero più entusiasti per gli acquisti fatti o per l'esperienza di realizzare biglietti di San Valentino.

I poveri Ha'ven, Vox e Trelon erano ancora una volta ricoperti di brillantini. Alice aveva deciso di fare dei biglietti di San Valentino che, una volta aperti, creavano esplosioni di Favilla. Roam, Jade e Amber l'avevano trovata un'idea eccezionale al punto da averla voluta replicare. Nel momento in cui gli uomini aprirono i biglietti per mostrarli alle donne, si sprigionò uno sbuffo di brillantini.

Lo sguardo di Carmen si spostò sull'ultima arrivata in famiglia. Sandy stava annuendo a qualcosa che Abby stava dicendo, mentre Jarak chiacchierava in disparte con Kelan e Zoran. Paul e Morian erano seduti sul pavimento e stavano giocando con Morah. Il povero Mandra scuoteva la testa verso Ariel, mentre Jabir stringeva il gatto di Sandy, Coco, in una morsa micidiale, temendo che suo padre gli portasse via il gatto che faceva le fusa.

"Ho qualcosa per te," mormorò Creon, infilando la mano in quella di Carmen e conducendola sul balcone.

"Ancora? Non credo che avremo abbastanza spazio per tutte le altre cose che mi hai regalato," disse Carmen ridendo.

"Questa è speciale," promise Creon.

Carmen lo seguì fino alla ringhiera e vi si appoggiò. Aspettò che l'uomo si voltasse e prendesse la borsa che era nell'angolo. Alzò la mano per prenderla quando lui gliela porse.

"Ho pensato che ti sarebbe piaciuto averla," disse Creon.

Carmen aggrottò le sopracciglia e tirò fuori dalla borsa il regalo avvolto nella carta velina. Creon prese il sacchetto vuoto e lo posò sul tavolo prima di voltarsi a guardare Carmen mentre scartava il regalo. Le dita di Carmen tremarono quando intravide l'angolo. Si fermò, avendo riconosciuto la cornice. Le sue labbra si aprirono e fece fatica a riprendere fiato.

"Andrà tutto bene. Ci sono qui io," promise Creon, avvicinandosi.

Le lacrime le riempiono gli occhi. "Creon..." sussurrò Carmen.

"Non voglio che tu lo dimentichi. Ho visto come ti rendeva felice prima che stessimo insieme. Ti amava, Carmen. Gli sarò sempre grato per questo," la incoraggiò Creon, posando la mano sulla sua.

Carmen tirò via la carta velina e guardò la foto del giorno del suo matrimonio, tanto tempo prima. Le sfuggì un singhiozzo tremante e si strinse la cornice al petto. Creon la attirò tra le braccia e la strinse a sé.

"Si sta baciando?" sussurrò una voce nel buio.

"Non ancora. Prima lei deve finire di piangere," rispose un altro.

"Perché piange? Non si dovrebbe piangere quando si riceve un regalo."

"Tu piange se ti rende davvero felice," disse esasperata Spring.

"I maschi non sa molto, Spring," rispose Jade.

"Beh, almeno se non si bacia, i suoi pantaloni restano giù," ragionò Jabir.

"Voi ragazzi tornate dentro," ammonì Ariel, avendo intuito che sua sorella e Creon avevano bisogno di stare un po' da soli.

"Grazie, Ariel," mormorò Creon.

Carmen si morse il labbro e premette il viso sul petto di Creon. Il suo corpo tremava per le risate. Si tirò indietro perché sentì uno strattone ai pantaloni. Il suo sguardo si addolcì quando vide Phoenix che la fissava, con gli occhi pieni di stelle e galassie.

"Io ti vuole bene, mamma. Buon San Valentino," disse Phoenix prima di darle un bacio e seguire gli altri.

"Buon San Valentino, tesoro," sussurrò Carmen.

Le due apparizioni dorate emisero un sospiro felice. Tecnicamente, non avevano interferito. Una semplice spintarella di energia attraverso il teletrasporto e un suggerimento non significava interferire con il destino... no?

Arosa guardò la famiglia all'interno del palazzo. Fissò il guerriero drago tendere il braccio alla donna solitaria che aveva catturato il suo cuore. Arosa sorrise quando Sandy sfilò dalla camicia un cuore di carta e lo porse a Jarak. Un'ondata di calore la invase nel vedere Jarak allungare la mano e prenderlo. Lo fissò per un attimo prima di infilarselo nella camicia.

"Adoro guardarli," mormorò Arilla con un sospiro, osservando Jarak che avvolgeva le braccia intorno a Sandy e la sollevava da terra con gioia. "Pensi che dovremmo controllare come sta?" chiese improvvisamente Arilla.

"Sì... Sì, credo che dovremmo," mormorò Arosa. "Dopotutto... è San Valentino!" Arilla rise di gusto e con un gesto della mano aprì un portale.

Arosa si voltò. Attraverso il portale vorticavano stelle e galassie. In lontananza si stagliava un bellissimo pianeta bianco e blu che le chiamava. Avrebbero solo dato un'occhiata per assicurarsi che Aikaterina stesse bene. Non si sarebbero intromesse, né avrebbero cercato di cambiare il destino... Beh, solo se lei avesse avuto bisogno di un po' di aiuto: dopotutto, *era* San Valentino!

*Continuate l'avventura con...*
*Storie di Favilla, il Regno nelle Caverne*
*Un'antologia di tre racconti!*

### PER AMORE DI TIA
Un racconto dei Signori Draghi di Valdier

Tia è la Custode delle Storie degli abitanti di Favilla. Sogna una vita che sa che non si realizzerà mai, ma la speranza sboccia quando una strana creatura viene catturata all'ingresso del regno e Tia ricorda la leggenda della dea che rinnoverà il loro mondo.

La sete di avventura di Jett lo porta in una caverna mai scoperta prima, dove esiste un regno insolito, e lui rimane affascinato dalla sua bellissima Custode. Incapace di resistere, fa ritorno più volte, finché non si rende conto che deve portarla via.

### I DRAGHETTI E IL QUADRIFOGLIO MAGICO
*Un po' di magia può fare grandi cose...*

Una storia da falò ha ammaliato i draghetti e i loro amichetti nei confronti di un mitico regno chiamato Favilla, dimora del magico e dispettoso Grande Re Leprecauno e del Piccolo Popolo. Quando i loro papà scompaiono, sono certi che il responsabile sia il Re Leprecauno. Armati di un quadrifoglio magico, i piccoli faranno di tutto per salvare i loro padri, compreso ingannare il Re usando i loro simbionti d'oro... perché tutti sanno che un leprecauno non può resistere all'oro!

### LA CERCA DEL RE

Re Tamblin, sovrano del regno di Favilla, si prepara alla battaglia dopo il ritorno sul suo mondo degli alieni predetti da sua sorella Tia. Non si fermerà davanti a nulla per impedire che le creature decimino di nuovo la loro piccola luna. Tuttavia, c'è poco che lui o il regno del Popolo delle Sabbie possano fare per fermare l'invasione. Quando le speranze si affievoliscono, Tia gli dice che deve andare alla ricerca della bella e misteriosa Arosa, Regina delle Fate del Bosco, e chiedere il suo aiuto.

Arosa, considerata una dea su molti dei mondi che visita, rimane sbalordita quando uno scherzo per intrattenere i draghetti di Valdier le sconvolge la vita. Non si aspetta di provare le strane, ma esaltanti emozioni che Tamblin suscita in lei. La sua specie dovrebbe osservare le altre, non innamorarsene!

Quando il piccolo pipistrello che ha mandato a sorvegliare Tamblin la avverte che lui è in pericolo, Arosa rischia di infrangere le regole per proteggerlo. Arosa riconosce l'amore, ma il re ricambierà i suoi sentimenti quando scoprirà che lei è più di una semplice regina delle Fate del Bosco? Che ha il potere non solo di salvare il suo mondo, ma di creare intere galassie?

# ALTRI LIBRI

Se vi è piaciuta questa storia scritta da me (S.E. Smith), vi prego di lasciare una recensione! Potrete scoprire altri libri presso https://sesmithfl.com/book-translations/italiano/ o trovare il modo migliore per rimanere in contatto con me qui: https://sesmithfl.com/contact-me/

## Le serie Fantascienza/Romantico

### I Signori Draghi di Valdier

*Tutto cominciò con un re alieno che si schiantò sulla Terra, gravemente ferito. Inavvertitamente, egli scoprì una specie che avrebbe salvato la sua.*

### L'Alleanza

*Quando la Terra ricevette i suoi primi visitatori dallo spazio, il pianeta precipitò nel caos e nel panico. I Trivator erano giunti per condurre la Terra all'interno dell'Alleanza dei Sistemi Stellari, ma furono costretti ad assumere il controllo del pianeta per evitare che gli umani lo distruggessero in nome della loro paura... e per proteggerli dalle forze militari degli altri mondi. Ma i Trivator non sono pronti all'effetto che gli esseri umani avranno sulle loro vite, a partire da una famiglia di tre sorelle...*

### I Marastin Dow

*I marastin dow sono detestati e temuti per la loro spietatezza, ma non tutti vogliono una vita di omicidi. Alcuni attendono solo il momento giusto per fuggire...*

## Le serie Paranormale/Fantasy/Romantico

### Sette Regni

*Tempo fa, una strana entità giunse nei Sette Regni per conquistarli e* nutrirsi della loro forza vitale. L'entità trovò un corpo ospitante, la cui proprietaria lottò dentro di sé per secoli mentre distruzione e devastazione si diffondevano attorno a lei. La nostra storia comincia quando la fine è vicina e un portale si apre...

# L'AUTRICE

S.E. Smith è un'autrice di *fama internazionale, inserita nelle liste dei best-seller del New York Times e di USA TODAY*; scrive fantascienza, storie romantiche, fantasy, romanzi paranormali e contemporanei per adulti, giovani adulti e bambini. Ama scrivere libri di molti generi diversi, che trascinano i lettori in mondi coinvolgenti.